Brigitte Sandberg

L'incertitude 1

Recueil de récits

Y compris des nouvelles allemandes

Traduites et révisées

© 2023 Brigitte Sandberg

Couverture et peinture Brigitte Sandberg

Édition : BoD – Books on Demand, info@bod.fr

Impression : BoD – Books on Demand, In de Tarpen 42, Norderstedt (Allemagne)

Impression à la demande

ISBN: 978-2-3224-7383-0

Depôt légal : Mai 2023

Table des matières

La chute de l'enfant par la fenêtre

L'incertitude

Le corps vierge

Se construire

Le refus

La sorcière

Le banc dans le parc

Mme Achtenbring

La buveuse du vin blanc

La friperie

La femme de carton

Mme Gries et Adèle

Hilka N.

L'homme aux bras ballants

Quelque chose de gentil

Laureen

Le suicide d'U.

La chatte et Sartre

L'employé de banc

L'aveugle et la mer

La chute de l'enfant par la fenêtre

Je l'ai vu et non. Je l'ai vu tomber. Entre ciel et terre. Quelque chose tombait. Un bébé. Un petit enfant. C'était un long chemin, car l'immeuble avait vingt étages. Au tout dernier étage une fenêtre s'ouvrait. Mais non, elle était déjà ouverte. Quand j'ai regardé en haut, j'ai vu cette chose planer entre ciel et terre. La fenêtre n'était pas grande, elle n'était pas de celles qui étaient si grandes qu'elles occupent tout le mur de la pièce. C'était une fenêtre ordinaire, mais ouverte, grandement ouverte. Je ne voyais que le cadre de la fenêtre, qui encadrait un vide. Un vide plein de vie. Cela se voyait bientôt à la fenêtre. C'est-à-dire, je voyais le paquet flotter entre terre et ciel, l'enfant qui était suspendu entre ciel et terre. Je n'ai pas entendu le coup dur, le bruit sec, je ne voulais pas l'entendre, ce bruit dur. Brutal. Meurtrier. Une chute fatale. Mortelle. Par la fenêtre.

Qu'est-ce que l'enfant voulait ? Est-ce qu'il a eu une intention ?

Il était dans la chambre, ça c'est sûr. Une chambre dont la fenêtre était ouverte, grandement ouverte. Mais pourquoi ?

Sans doute les adultes voulaient avoir l'air frais dans la chambre, mais une chambre où ils n'étaient pas présents, dans laquelle ils n'ont pas séjourné. Ils étaient dans une autre chambre, dans la pièce à côté dont les fenêtres étaient fermées. Ils avaient oublié l'enfant. Les deux femmes qui étaient amies pensaient peut-être que l'enfant de quatre ans ne serait plus un bébé. Elles avaient raison, car l'enfant n'était plus un bébé mais un enfant de quatre ans qui cherchait une chose sur quoi monter. Le bébé qui était un enfant était un garçon. Ce petit garçon avait poussé la chaise vers la fenêtre, laquelle l'attirait, puisqu'elle était ouverte, grandement ouverte.

Ou peut-être c'était lui qui l'avait ouverte, le petit garçon, curieux de savoir ce qu'il y avait à l'extérieur de cette fenêtre qui l'attirait, car chaque ouverture attirait.

Une ouverture promet d'offrir un nouveau monde, un monde qui est caché, qui est en dehors de ces quatre murs. Les murs qui enferment.

Est-ce que le petit s'était senti enfermé ? S'il était parti par la porte, les adultes l'auraient remarqué, sans doute.

Bien sûr, il ne voulait que regarder dehors, prendre contact avec l'extérieur. Peut-être il verrait d'autres enfants, qu'il pourrait appeler, il pourrait leur jeter des jouets s'ils ne réagissaient pas à son appel. Je ne pense pas que ses pensées soient allées aussi loin. Mais la curiosité était là, c'était certainement une curiosité forte qui l'a poussé vers la fenêtre.

La curiosité oui, mais aussi, qu'il n'y avait pas de jouets d'enfants dans cette pièce vide de toute autre personne, surtout d'autres enfants. Les deux femmes, dont il entendait la conversation animée comme un murmure à voix basse, semblaient être dans un cocon dans lequel elles se suffisaient à elles-mêmes. Le petit ne se souciait pas de leur côté.

Tout était silencieux. Dedans et aussi dehors, car les bruits de la rue ne montaient pas jusqu'au vingtième étage.

Dans la chambre à la fenêtre ouverte il n'y avait rien à découvrir, à conquérir, il n'y était présent que le petit garçon à ressemblance d'une fille. Il se caressait doucement ses cheveux blonds et longs pour s'assurer. Mais s'assurer de quoi ? Il ne le savait pas. Il avait accepté la coiffure que sa mère avait trouvé la plus jolie. Il est possible qu'elle ait souhaité avoir une fille, mais un petit garçon est venu au monde.

Les cheveux blonds et longs donnaient au petit garçon de quatre ans un air angélique comme s'il était d'un autre monde et qu'il souhaitait découvrir notre monde en dehors de la fenêtre ouverte. La fenêtre ouverte était prometteuse. Qu'est-ce qu'il y aurait à voir, à découvrir, à conquérir ? Il ne pensait même pas si loin. Mais quand il touchait à ses cheveux angéliques il s'est demandé confusément s'il ne portait pas une perruque ? Bien sûr il ne connaissait pas ce mot, mais les cheveux lui donnaient une sensation bizarre.

En allant vers la fenêtre ouverte son esprit avait été traversé par une image de son père. Il ne s'en souvenait pas vraiment, pourtant, il avait le sentiment que son père le serrait contre lui quand il était encore un tout petit bébé qui venait juste de naitre.

Il ne tombait pas tout de suite. Il s'était arrêté devant la fenêtre.

La femme qui entrait dans le café était une vieille, une très vieille femme. Elle utilisait un déambulateur pour avancer. Je me trouvais au fond du café. Quand elle avait traversé à moitié la pièce j'ai vu son visage qui m'a bouleversé. Tout de suite, j'ai décliné ma tête pour ne pas devoir regarder son visage de près, lequel venait dans ma direction. Un visage dur, un visage ridé. Aucune place entre les rides. Un visage tant ridé qu'il était épouvantable à regarder, bien que la femme sourie et s'était habillée avec beaucoup de soin. Elle avait même mis des boucles d'oreilles brillantes. Elle prenait place à une table où était déjà assise une jeune femme. Elles rentraient dans une conversation et j'essayais de l'oublier. Quand elle est allée aux toilettes, et pour cela elle devait passer tout près de moi, je n'ai pas levé la tête. J'ai remarqué que la jeune femme s'en allait et la vieille ridée s'est préparée à son tour de s'en aller aussi, après qu'elle soit revenue des toilettes et qu'elle avait vu que l'autre femme n'était plus là.

Malgré mon gène de la regarder, je ne pouvais pas la laisser faire seule les quelques pas pour poser sa tasse de café vide sur l'étagère prévue pour la vaisselle utilisée. La tasse vide se balançait dans sa main tremblante. Je me suis donc levée pour aller à sa rencontre, j'ai pris sa tasse de café. Elle en était soulagée et on s'est dit au revoir. Pendant ce bref contact je la regardais en face et ne ressentais plus aucune répugnance.

J'avais l'impression d'avoir vu un visage d'une femme mourante, d'une femme qui était déjà dessinée par la mort. Peut-être que c'était cela ce qui m'avais effrayé, même horrifié.

Je pensais à l'enfant qui allait vers la fenêtre, qui était attiré par la lumière rentrant par la fenêtre, la seule lumière dans la pièce. Si le petit garçon était une fille, elle serait dans le futur une vieille, elle aurait vécu des expériences, des épreuves, des maladies, des joies aussi. Elle aurait atteint l'âge de la vieille femme mourante au visage ridé, transparent, derrière lequel guettait la mort, sa mort à elle. Cela peut paraitre étrange, mais au final j'étais soulagée d'avoir fait l'expérience.

Quelques jours âpres je faisais la même expérience, seulement que cette fois-ci c'était un homme, dont le visage était gris et dont les yeux voyaient déjà l'au-delà, encore plus, son être était déjà reçu par l'au-delà.

Je trouve que ce café est l'antichambre de la mort. Il me semble, qu'ici se rassemblent les personnes mourantes, celles qui sont dans leur dernière phase de vie.

Si le petit garçon aux cheveux blonds et longs est un garçon, peut-être il serait au future l'homme mourant que j'ai rencontré au café, lequel j'appelle l'antichambre de la mort. Il était assis sur son déambulateur et regardait au loin, une expression muette, comme s'il ne parlait plus, comme si la vie s'était montrée décevante, comme s'il était profondément déçu, et rien n'était resté de ses beaux rêves et souvenirs. Comme s'il s'était retiré dans le silence après avoir lutté toute sa vie sans succès, et quand la vie s'en était prise à sa santé, à son corps sain et n'avait pas lâché prise, il a cédé, il est devenu muet et ne faisait que regarder dans le lointain.

Je me demande si le petit garçon aussi regardait dans le lointain. Dans le vide. Dans l'au-delà ?
Est-ce qu'ils vont se croiser dans l'au-delà ?

Mais le petit n'est pas prêt, n'est-ce pas ? Il s'est brusquement arrêté. Qu'est-ce qui se passe dans cet instant d'hésitation ?

Pourquoi ces réflexions, car c'était un accident. Quand un enfant tombe par la fenêtre, tout le monde est d'accord pour dire qu'il s'agit d'un accident. Personne ne veut qu'il ait été poussé expressément sans avoir pu se défendre. Il est trop petit pour se défendre. Il n'y a pas de raison pour qu'il ait été poussé.

Il était unique enfant, adoré, aimé. Cela se voyait dans son visage souriant et angélique. Il n'avait pas de soucis, et de toute façon, les gens disent que les petits ne ressentent rien de ce qu'on leur fait subir.

C'était peut-être une coïncidence que le petit enfant s'arrêtait devant la fenêtre et que moi en même temps retenais mon souffle.

Je traversais le parc comme une somnambule, je tournais en rond, car le parc est petit, les arbres et les buissons entourent un petit lac. En faisant mon deuxième tour, j'ai remarqué une famille qui semblait malheureuse. Une famille étrangère. Une famille de réfugiés. Ce n'était que mon impression. Mais aucune autre possibilité m'est venue à l'esprit. Ce n'était peut-être qu'une partie de la famille. Un homme âgé, un jeune garçon, une fille ou jeune femme. Il se pourrait qu'elle soit la mère du garçon et l'homme était possiblement le père de la mère, il manquait donc le mari de la femme et lui, il était peut-être resté en Ukraine se battre pour son pays. Les appels téléphoniques de la mère et du père sont partis probablement en Ukraine. C'est peut-être trop imaginé mais en ces jours-ci on ne pense qu'à la terrible guerre.

Avant de me promener autour du petit lac, je m'étais achetée deux tablettes de chocolat, parce que j'avais une grande envie de sucreries. Quand j'ai vu la famille déprimée, je me suis mise en tête de lui en donner pour la faire sourire un petit instant, pour les faire oublier un moment la guerre et le mari qui se battait, qui était menacé de mort. Tous les trois étaient déprimés, mais la mère en particulier semblait porter cette charge émotionnelle.

Le grand-père téléphonait. La mère disait, quand je lui ai tendu la tablette de chocolat, qu'elle ne parlerait pas allemand et refusait par courtoisie, mais souriait à son garçon, qui voulait bien en avoir un peu de chocolat et souriait.

Le garçon d'environ dix ou onze ans était mignon, il avait des traits fins et un regard frais, mais on voyait que la guerre et son impact sur sa famille le travaillait à l'intérieur.

Je me suis demandée si le petit garçon qui s'était arrêté devant la fenêtre ne serait pas le garçon ukrainien quand il aurait atteint l'âge de ce garçon refugié ?

Mais si le garçon à la fenêtre était une fille, elle serait peut-être l'une des deux filles aux cheveux longs, qui s'amusaient avec leurs smartphones en mangeant en même temps après leurs cours d'école à la boulangerie. Elles rigolaient incessamment en faisant des selfies qu'elles modifiaient jusqu'au grotesque par l'aide d'un app.

Est-ce que le petit de quatre ans était conscient que son père avait été abandonné par sa propre mère à l'âge de quatre ans ? Certainement pas. Il ne sait rien de la dépression de son père abandonné, qu'il s'était renfermé, qu'il ne parlait plus aux autres pendant des années. Le choc qui s'était produit du jour au lendemain, avait traversé son corps et est resté en lui pour longtemps. Est-ce que son père voulait quitter le monde ? N'avait-il plus envie de vivre ?

On parle beaucoup de la transmission des traumatismes non travaillés. Est-ce le cas chez le petit, seul dans la pièce, attiré par la fenêtre ouverte ?

Mais non, c'était un accident. Il faut comprendre cela. C'est la réalité. On cherche peut-être des raisons sous-jacentes pour ne pas regarder la réalité en face, pour ne pas faire face à la perte, pour ne pas la surmonter. On voudrait que l'être mort soit encore vivant. De toutes les forces on s'accroche à ce vœu pieux. Peut-être c'est comme ça. Qui sait ?

Je suis tout près du petit garçon ou de la fille qui ne peut pas encore se décider de grimper sur la chaise pour regarder ce qu'il y a dehors, pour découvre cette promesse que suggère la lumière qui pénètre la chambre à travers la fenêtre ouverte.

Le moment où il va s'arrêter devant cette belle ouverture de la fenêtre, le moment de son hésitation, est-il expression d'une peur qui refoule sa curiosité, une peur si grande qu'elle remplit toute la pièce ? Elle est aussi dense que le brouillard. On ne voit plus, on ne respire plus, on arrête le souffle, on a peur d'étouffer dans ce brouillard comme autrefois dans les chambres à gaz. La peur est immense, aujourd'hui et l'était toujours. Mais aujourd'hui il n'y a plus de faussaire qui sauve la vie des enfants juifs comme Adolfo Kaminsky à l'époque de l'occupation allemande par sa fabrication des faux papiers.

Le petit de quatre ans n'en sait rien, évidemment. Ce n'était même pas l'époque de son père mais de son grand-père. Il ne ressent que cette peur atroce. Et une autre peur le taraude, celle d'être étouffé par son asthme, cette maladie maudite qui surgit à l'improviste.

Inconsciemment il se demande peut-être ce qu'il deviendra s'il tente une nouvelle aventure. La peur qui remplit la pièce, qui pénètre son corps est insupportable.

Malgré ses obstacles psychologiques et physiques, il finit par monter sur la chaise.

Cela me fait penser aux condamnés à mort ou à ceux qui sont prêts à se suicider, qui vont au grenier et montent sur une chaise, ils attachent une corde, qui pend du plafond, autour de leur cou, puis ils repoussent la chaise, par la suite ils suffoquent accrochés à la corde.

Au-dessus du petit il n'y a pas de corde qui pend du plafond. Il est debout sur la chaise, ses deux pieds sont sur la chaise, devant lui la fenêtre ouverte. Il respire l'air frais.

Peut-être une personne est entrée dans la chambre et l'a poussé ?

Est-ce qu'il était une charge dont on voulait se débarrasser ?

N'était-il pas aimé ?

Était-il un enfant non désiré ?

Est-ce qu'il était un enfant diabolique ?

Toutes ces questions se posent gratuitement, elles sont indécentes, déplacées, malvenues.

Il est un enfant normal, qui n'a que le désir de s'unir au vide, à la lumière, au dehors, à l'imaginaire, à soi-même, à Dieu, à l'invisible, à l'inconnu. Tant de mots pour saisir l'insaisissable.

Il ne pense pas que son acte puisse blesser ses proches, puisse les rendre tristes, puisse faire culpabiliser ses proches.

Il est sur la chaise, se met à genoux, se penche vers l'extérieur pour voir ce qu'il y a en bas, tout en bas.

N'entendait-il pas un cri venant de l'autre chambre.

Est-ce que c'était sa maman qui criait : « Nous allons partir ! »

Voudrait-il partir avec elle ? Aimait-il sa maman ? Où était son père ?

Trop de pensées, bien qu'inconscientes, lui donnaient des vertiges.

Et si l'appel ne venait pas de l'autre chambre mais d'en bas ? « Viens, nous allons partir ! ». « Partir », quel beau projet ! S'attendre à quelque chose de tout nouveau !

Mais pour cela il faudrait lâcher, ne plus s'accrocher à ce qui est habituel et connu. À cette pensée inconsciente il s'accrochait encore plus au cadre de la fenêtre ouverte. Non, non, il ne voulait pas tomber, surtout pas tomber et se faire mal. Il était fort, très fort, il ne lâcherait pas.

Déjà il n'entendait plus l'appel : « Viens, nous allons partir ! », mais quelque chose de similaire et plus faible : « Viens, on partira ». Et presque inaudible : « Viens ! » Cette fois-ci c'était comme un ordre. Il n'aimait pas les ordres. Déjà par principe, il était contre. N'avait-il pas entendu dire les adultes qu'il était mauvais ?

Il se cramponnait, ses dents serrées, au cadre de la fenêtre, il commençait même à essayer de le secouer comme s'il était en colère.

Quelle force se cache-t-il dans ce petit être, cette petite créature !

Je n'arrive pas à m'imaginer le garçon tomber par la fenêtre. C'est contre ma nature. Je suis contre cette chute. C'est impossible d'imager un enfant de quatre ans tomber du haut, du vingtième étage par une fenêtre ouverte. Combien de temps durerait la chute et quand toucherait-il le sol ? Ressentirait-il quelque chose pendant la chute rapide ? Il ne serait qu'un corps qui tombe, plus de pensées ou sentiments quelconques.

Je ne peux pas m'imager cette mort cruelle. Je ne veux pas. Je ne laisserai pas tomber cet enfant de la fenêtre du vingtième étage. Je me refuse à cela.

Mais mon refus n'est pas justifié. Je ne peux pas jouer la propriétaire de cet enfant, décider, dominer sur sa vie et sa mort. Sa vie et sa mort sont à lui. Je dois m'y résigner.

Au final je laisse tomber l'enfant aimé depuis la fenêtre et je le pleure infiniment. Plus tard je mettrai sa photo sur mon bureau. Je vivrai avec le souvenir. Avec la réalité féroce qui a été cet accident.

L'incertitude

Est-ce que la bouilloire marche encore ? Et le four ? Et la machine à laver ? Le chauffage ne fonctionne qu'arbitrairement. Rien ne fonctionne plus à cent pour cent. Il y a des signes de la vieillesse, de l'usage partout. Les murs de cet immeuble tiennent-ils encore ou faut-il craindre une bombe qui le détruit comme à Kiev où les bombes dévastatrices tombent et tuent des civiles comme récemment par l'effondrement d'un immeuble qui a enterré plus de quarante personnes innocentes. Les infos disent que depuis le début de la guerre 9.000 milles civiles sont morts en Ukraine. Kiev est loin, mais pas si loin que ça. L'incertitude est déjà arrivée jusqu'à chez moi. Il faut dire, qu'elle était toujours en moi, mais elle a augmenté ces jours-ci. La guerre, la crise énergétique ont fait exploser les prix pour le gaz, pour l'électricité, pour les aliments. Parfois on entend encore le rire de la joie de vivre et c'est bien. En moi tout est gelé. Chez une de mes connaissances c'est encore pire, elle s'est faite esclave d'un homme, parce qu'elle pense, qu'il pourrait la protéger de sa peur de vivre, elle tremble de peur de vie. Je trouve que cela va trop loin, mais elle dit que chez une copine à elle ce serait encore pire, car elle ne bougerait plus. Tout mouvement lui est interdit par son mari qui l'enferme dans une chambre minuscule, qu'elle ne peut quitter que pour lui servir d'objet sexuel. Elle est tombée dans le mutisme. Elle ne l'a pas revue, mais en a entendu parler par les proches. Est-ce que je peux le croire ? Même la confiance est devenue incertaine et rare. En qui peut-on encore avoir confiance ?

Il y a de tels hommes qui ne touchent pas le corps de leur femme, ils n'ont pas envie de le regarder, de le caresser, de prendre la femme dans leur bras. Je crois qu'il y a un dédain de leur côté pour les femmes qui sont d'après eux impures et des ordures. Je n'aime pas y penser, je croie que c'est une maladie mentale, cachée derrière le mot tradition, ou même religion, transmise par les ancêtres.

J'ai demandé si c'est sûr que la femme dont elle m'avait parlé est vraiment enfermée par son mari. Elle assure que c'est vrai. Mais comment le savoir. Je dis :« Et toi, tu ne peux pas te libérer de ton esclavage ? » « C'est difficile, tu sais. Nous nous connaissons depuis longtemps. Ce serait comme si je l'abandonnais et cela m'est difficile. » « Mais un autre homme serait peut-être plus gentil avec toi ?! » « Peut-être au début, mais après il montrerait son vrai visage. Toi, tu me parles, tu es restée seule, parce que tu ne trouves pas ce mec gentil, dont tu me parles. » « Oui, il faut être prudent. « « Tu sais, je suis habituée à être esclave depuis ma petite enfance et puis il y a nos enfants. » « Mais t'es dingue ! Tu ne penses pas à ce que cela peut faire à tes enfants ? » « Je t'assure que je veille sur eux ! » « Je ne pense pas que tu prennes toute la responsabilité ! » « Mais je t'assure que oui ! »

La conversation est restée insatisfaisante.

Je pense à ce jeune homme, un adolescent encore, qui devrait se marier, mais n'en était pas prêt tout comme la fille, une gamine, qui n'était pas encore prête non plus. Il traite la fille comme une chose, un truc. J'imagine que c'est par peur, il est conscient que la situation est honteuse. Quand il couche avec elle, ils restent tous les deux habillés, et elle, elle doit en surplus cacher son visage. Il ne voit rien d'elle, il ne la connait pas, il ne veut pas la connaitre, tellement il a honte. Elle doit le servir dans tous les domaines et en est malheureuse. Il le sait mais d'autre part, il se dit que c'est son rôle de femme et qu'elle est habituée comme lui est habitué à son rôle d'homme et en est malheureux aussi.

Il voit sur son smartphone que les gens dans le monde vivent différemment, presque sans habits parfois, cela ne lui plaît pas non plus. C'est de trop. Mais la communication libre entre femme et homme lui plaît. Il devrait essayer de parler à sa femme.

J'ai peur de sortir
J'ai peur du froid
Dehors
Dans l'appartement
En moi

C'est mon lit
Que je cherche
Qui me réchauffe

Elle m'a parlé d'un rêve, qu'elle a fait l'autre jour, qui m'a en quelque sorte laissé bouche bée. Car enfermée comme elle vivait, le rêve me semblait dire tout le contraire. Ou peut-être non, je ne sais pas. Elle disait qu'elle n'avait jamais fait un rêve pareil. Elle était au lit dans la chambre à coucher, la lumière du jour entrait dans la pièce et l'éclairait. Elle était réveillée ou peut-être elle s'est réveillée au moment où l'homme entrait, et avait saisi tout de suite l'homme qui était couché dans le lit auprès de la sienne. Elle n'en avait même pas conscience qu'il était là. Les deux hommes étaient des hommes à la peau noire, d'un noir foncé brillant. Elle ne connaissait ni l'un ni l'autre. Elle ne disait rien. Peut-être parce qu'elle avait peur et retenait son souffle en raison de sa peur. Elle ne le sait plus. L'homme qui entrait brusquement dans la pièce était costaud et musclé pareil à l'autre qui était déjà là. L'homme qui était entré a forcé celui, qui était déjà là, à un acte sexuel. Elle voyait l'un qui était dans le lit à côté d'elle du dos, et l'autre était caché à l'exception de ses membres, qui étaient plus ou moins enroulés autour du corps de l'autre. Les deux personnes formaient une unité qui ressemblait à un œuvre d'art, une sculpture. La fenêtre de la pièce au rez-de-chaussée était grandement ouverte, une jeune femme se tenait debout devant la fenêtre et regardait tranquillement ce qui était en train de se passer à l'intérieur. Elle était une adolescente et donc plus âgée que l'être au lit, qui cherche l'invisibilité à travers son silence. La rêveuse ne peut plus dire avec certitude si c'était elle-même ou un enfant ou une jeune fille ou une femme car à chaque fois qu'elle se souvient, le souvenir semblait avoir changé un peu. À la fin elle n'était plus sûre du souvenir original, le premier souvenir quand elle s'était réveillée. Elle reste également dans l'incertitude, si c'était un viol ou pas, elle n'est même plus sûre qu'il s'agissait d'hommes ou d'une femme et d'hommes.

Moi aussi j'ai fait cette expérience que les souvenirs changent un peu à chaque fois qu'on les évoque dans la mémoire. Ça peut rendre confus, et il en résulte que l'on perd la confiance en eux et à la fin en soi-même. La rêveuse qui se demande si c'était un acte d'amour qu'elle a vu en son rêve ou un acte brutal, un viol, semble perdue.

C'est vraiment un drôle de phénomène, on reste dans l'incertitude.

J'ai quitté le café, parce que j'allais mal au point que j'étais prête à appeler les secours. Il fallait prendre le bus, peut-être à la maison ça irait mieux. Dans le bus je me suis décidée de descendre à la station de bus où se trouvait le café français, récemment ouvert. Je n'y étais pas les derniers jours, parce que la sœur de la patronne avait coupé ma conversation en français avec une serveuse, dont elle aurait besoin, comme elle disait bien que le café fut vide. Cela m'avait frustrée. J'ai été bloqué d'y retourner, mais il le fallait aujourd'hui. J'avais en tête que j'irais mieux là-bas. La française avec qui la conversation a été interrompu n'était pas là mais une autre, qui était à ma grande surprise très ouverte à ma question d'où elle venait.

J'étais très étonnée quand elle me disait qu'elle venait de Nice. Il n'y avait pas de clients, donc on parlait longuement sur Nice où elle habite dans le quartier Libération, c'est-à-dire depuis deux mois elle habite à Hambourg, car son petit ami a été muté à Hambourg. C'était comme un cadeau, j'étais vraiment en manque de parler, de m'exprimer en français, bizarre, évidemment une chose psychique. Si on est en manque d'eau on ne peut plus survivre. Le français une source d'eau indispensable ? Ce sont peut-être des sentiments passagers.

Notre conversation pris fin, car le café s'est peuplé. Avant de quitter le café je voulais embrasser mon aimable interlocutrice, mais elle était déjà partie. J'ai donc embrassé le vide, ma compagne de tous les jours.

La rêveuse m'a parlé de sa théorie sur les hommes, c'est-à-dire une théorie basée sur son expérience. Elle pense que l'homme est dirigé par son désir sexuel, que toutes les autres choses sont subordonnées à cela, pour l'obtenir l'homme devient même un criminel. Il cache en lui la bête féroce qui déchire le corps et l'âme des femmes sans égard aucun. Pour arriver à son but, il ment, il séduit, il enlève, il devient violent, il force, il manipule, il viole, il tu, cependant, à la surface il a l'air sympa, il fait semblant d'être un type gentil qui vaut la confiance des femmes. Je l'interromps en disant qu'il y a aussi des femmes qui sont ainsi. Mais elle n'en veut rien savoir, ce seraient des cas isolés. C'est un vaste sujet mais pour elle ce n'est pas discutable. Quant à moi, je reste dans l'incertitude, encore une fois, car dans mon immeuble par exemple, où j'habite, je trouve que tous les locataires masculins ont une apparence agréable. J'admets que je ne peux pas voir derrière la façade, et c'est vrai, c'est souvent le voisin gentil ou un membre de la famille qui se révèle être un violeur. C'est difficile. On ne sait pas. On est incertain.

Je ne sais pas pourquoi je tombe aussi souvent sur elle, que je nomme la rêveuse, mais cette fois c'est moi qui ai fait un rêve et je lui en parle : Je suis dans mon appartement, il fait déjà tard, j'ai oublié quelque chose devant la porte d'entrée, la porte est encore entrouverte ce qui m'étonne, car normalement je ferme à clé. Peut-être c'est l'aspirateur que j'ai oublié, puisque je passe souvent l'aspirateur sur le paillasson devant la porte. J'ouvre la porte encore plus, et je vois deux ou trois objets que j'ai oubliés. Je suis surprise que la porte de la voisine en face est grandement ouverte, et que le couloir de son appartement est encombré des petits meubles et d'autre choses, ses affaires sont même dans le couloir de l'immeuble. Qu'est-ce que ça veut dire ? Je la vois, elle dit quelque chose, mais plutôt à elle-même qu'à moi. Elle est vieille, elle a dix ans de plus que moi, son mari est encore plus âgé. Est-ce qu'ils vont déménager ? Mais il fait nuit. Peut-être elle ne peut pas dormir comme moi aussi. Puis elle me montre un sac en papier de provenance des gens, qui veulent faire des cadeaux. Je prends une vieille bouilloire, qui émette un sifflement quand l'eau bouille, cela me rappelle des temps passés, perdus. Mais il y avait une bizarrerie, la bouilloire était à moitié transparente, la raison pour laquelle je pouvais voire dedans une petite voiture, je voyais le volent, les sièges, car le toit était abaissé ou l'auto n'en avait pas. Soudainement, il y était un couple qui est entré dans mon appartement sans me demander la permission. J'ai dit à la femme et à l'homme que ça ne va pas, qu'ils devaient sortir. Ils étaient déjà dans ma chambre à coucher, j'étais indignée par une telle insolence et une telle impertinence. J'ai répété qu'ils devaient partir sur le champ. Ils regardaient autour d'eux et n'ont rien dit. Leurs expressions faciales étaient fermées comme s'il ne comptait pas ce que je disais, mais j'ai insisté avec force pour qu'ils quittent mon appartement. Quand ils étaient dans le couloir de l'immeuble, la femme disait que cela aurait des conséquences. C'était une menace et m'a fait peur. Elle était blonde, grande, en manteau de couleur beige clair. Sa coiffure ressemblait à celles des années cinquante.

D'abord le rêve m'a fait peur, parce que je croyais que c'était un signe que je devais déménager ou que le rêve annonçait ma mort, mais après, je sentais un soulagement, que la porte de mon appartement était enfin ouverte, car je vivais très enfermée et renfermée. Soulagée aussi parce que j'avais réussi à faire sortir le couple intrusif, impérial et d'une autre époque.

L'incertitude reste.

Je n'ai pas fait de rêve cette nuit, en tout cas je ne m'en souviens pas, mais mon imagination s'est mise en marche, quand ce matin, j'ai vu une femme en vélo avec un siège d'enfant derrière. On voyait qu'elle était pressée, ne regardant à droite ni à gauche. Peut-être elle avait déposé son enfant dans un jardin d'enfant et se précipitait maintenant à la hâte à son travail. J'ai imaginé que c'était moi à l'époque, que j'arrivais en retard dans la classe où les élèves m'attendaient et pas seulement eux, aussi le directeur de l'école qui ne cessait pas à me faire des reproches. Ma stratégie était de l'ignorer et de commencer tout de suite le cours en présence du directeur dont la bouche ne se fermait pas. J'ai dit à François de me dire sans se retourner le nom de celui qui se tenait dans le deuxième rang derrière lui. Puis je demandais à Marie de dire sans se retourner le nom de l'élève dans la dernière rangée près de l'allée centrale et ainsi de suite. Les élèves devaient se concentrer et aimaient se jeu inventé spontanément. Le directeur quittait la salle de classe en faisant profil bas.

Je me suis demandée s'il va m'en tenir rigueur ? Mais les jeux spontanés sont appréciés par les élèves sauf du directeur de l'école et par quelques enseignants. Une fois de plus je vis dans l'incertitude, qui s'étend sur tous les plans de la vie.

À la radio j'ai appris de Claudine Monteil qu'on interviewait sur sa relation amicale avec Simone de Beauvoir, que celle-ci partageait son salaire d'enseignante avec sa sœur Hélène qui était peintre. Claudine Monteil se liait d'amitié également avec la sœur Hélène, elle parlait d'un coup de foudre amical. Hélène lui avait dit qu'elle a été féministe avant Simone ce qui avait indigné Simone, qui voyait Hélène comme une bourgeoise et pensait que c'était elle-même qui était féministe en premier. Je trouvais amusant les différentes vues entre sœurs, qui ne sont pas épargnées des sentiments de concurrence entre elles.

Parfois je ressens une grande colère, c'est ainsi avec ma voisine de 88 ans, qui habite l'appartement au-dessus du mien, elle y habite pus longtemps que moi, et moi j'y habite déjà plus de 40 ans. Pendant des années son chien me dérangeait dans la nuit par son aboiement, maintenant il est mort, son mari aussi. Après sa mort une amie à elle lui a vendu un lit plus petit que le grand lit qu'elle partageait avec son mari. Malheureusement ce lit grince à chaque fois qu'elle se tourne. Même si je me bouche les oreilles, je l'entends car c'est un immeuble ancien et les appartements anciens transmettent le moindre bruit. Comme elle faisait déjà la sourde oreille, quand j'ai abordé le sujet de l'aboiement de son chien « Susie » dans la nuit, j'imagine qu'elle la ferait également pour le grincement de son lit. En outre, elle a un pas lourd, comme un éléphant, elle traverse les chambres avec des chaussures de rue. Cette nuit, elle s'est levée bruyamment à 5 heures en faisant un vacarme infernal. Je sentais monter ma colère. Mais elle est immunisée contre les plaintes des autres. Quelque chose d'autre m'a vraiment étonné. Un jour, je lui ai demandé où serait parti la vieille dame qui n'habite plus son appartement, avec qui elle a eu de longues conversations dans le couloir devant ma porte. Tous les jours pendant des années elles y causaient pendent une heure ou deux et m'empêchaient de sortir. Je ne croyais pas mes oreilles, mais elle était indignée par ma question et a répondu d'un ton agressif : « Je n'en sais rien ! Cela ne m'intéresse pas ! » Je suis restée bouche bée. Je pense qu'elle est peut-être partie à l'Ephad ou à l'hôpital, son mari était mort et avec son fils elle avait rompu il y a des décennies. Je me souviens de son nom de famille, de son apparence, de sa curiosité et son besoin de contrôler les gens dans l'immeuble.

C'est bizarre, mais j'ai rangé mes statues de Buddha, après je me sentais mieux, comme débarrassée d'un objet, d'un être qui m'obsédait, me possédait, dont j'étais la proie. Je verrai si les statues retirées ont un effet positif sur moi. Je ne sais pas si j'ai fait le rêve avant ou après ce nettoyage, j'avais encore une fois rêvé d'une séparation. Je ne sais plus si c'était l'homme ou moi qui avait pris l'initiative. Ça peut être aussi qu'il s'agissait d'une séparation d'un couple, et moi, je n'étais qu'une personne qui assistait par hasard, mais je ne crois pas, parce que la séparation avait provoqué un tumulte sentimental en moi. Dans ce rêve il y avait un objet vert clair, une boite, telle que les porteurs de repas portent sur leur dos en allant en vélo chez leurs clients. Mais qu'est-ce que j'avais rêvé vraiment, et qu'est-ce qu'un faux souvenir ? Dans le rêve nous devrions aussi changer notre nom de famille. Je devrais prendre le nom de « Sensitive ».

Le monde de rêve est un monde énigmatique.

Et oui, je reste dans l'incertitude.

J'ai déjà dit que j'ai rangé quatre Buddhas. Je les ai mis sur la table d'échange dans le quartier où j'habite. Depuis, j'ai le sentiment d'avoir une chambre vide, ce qui me plaît énormément, j'ai l'impression qu'il n'y a plus d'emprise sur moi. Je ne sais pas si cela perdure, si le sentiment est durable.

Le jour après, je me demande si c'était lui, l'amant français, qui avait dans mon inconscient occupé la chambre, qui est vide maintenant. J'ai le sentiment qu'il n'est plus là. Il a disparu. Mais je me méfie. Je ne sais que trop bien que les sentiments peuvent changer en permanence.

Un choque me traverse. Deux filles de 12 et 13 ans ont tué une fille de 12 ans avec un couteau qu'elles ont enfoncé de nombreuses fois dans le corps de leur « amie ». Comme la police et les médias se taisent sur les motifs des deux filles, qui n'ont pas l'âge de la responsabilité pénale en Allemagne, tout est de la spéculation qui fleurit. En Angleterre la responsabilité pénale commence à l'âge de 10 ans, aux Pays-Bas à partir de 12 ans, aux Etats-Unis entre 6 et 12 ans, en Allemagne à 14 ans. Je me pose des questions sur les sentiments des deux meurtrières, sur les blessures et la haine, qui les ont poussés à commettre ce meurtre. Le monde des sentiments blessés est complexe.

Puis le prochain choc, je retire de ma boite aux lettres une lettre qui annonce une hausse de mon loyer de 100€, et cela après une hausse des frais supplémentaire de 60€, et une hausse des frais pour le gaz et l'électricité déjà depuis des mois. Je me suis mise d'accord avec le propriétaire que je déménagerais dans un appartement plus petit dès qu'un logement se libère. Comme cela peut durer, je poserai ma candidature aussi ailleurs. Mais le choque est dans mes os, je vis depuis des décennies dans cet appartement à trois pièces, vingt ans avec mon fils, après son départ sa chambre est devenue mon atelier. Les appartements plus petits vont sur la cour, ils sont plus sombres ce qui n'est pas favorable à ma peinture. Mais je me resignerais.

Sur France info je suis tombée sur un discours engagé d'Aurore Bergé, présidente du groupe « renaissance » contre les motions de censures, qui m'a beaucoup plu. Une grande force émanait d'elle.
Ici au café, Marion, elle aussi trouve bien Aurore Bergé, mais elle dit, qu'il faut comprendre qu'il y a

d'autres paramètres en France qu'en Allemagne. Les français et les françaises ne veulent pas changer leur system de retraite et modifier l'âge de départ à la retraite, de 62 à 64 ans.

Quant à moi, je suis dans un très mauvais état, depuis l'augmentation forte de mon loyer, je ne pense qu'à la mort. Je me sens menacé bien qu'il n'y ait pas de menace véritable. Quand arrivera-t-il ? Est-ce-que je peux jusqu'à ma mort payer la vie chère ? Une maladie me torturera ?

Dans ce dernier temps je ressens une grande incertitude dans les cafés au point que je me demande, si j'y suis encore acceptée ?

Je vis dans l'angoisse et dans l'incertitude.

Ce matin, j'ai croisé beaucoup d'écoliers et d'écolières qui allaient à l'école maternelle. J'observais que la plupart étaient accompagnés par leur papa ou maman ou ils venaient en vélo. Ils se faisaient des petits bisous en se disant au revoir, c'était sympa à voir. Par contre, je n'aimais pas les grosses voitures qui s'arrêtaient devant l'école d'où descendaient les petits.

Ce qui se passe dans la rue diffère selon les heures.

Hier matin, un dimanche, j'ai bu mon café à la gare d'Altona. J'avais une place tranquille à la fenêtre où je pouvais écrire sans être dérangé. Soudain, un sans-abri alcoolisé entrait et s'est mis à gueuler. D'abord les gens de sécurité de la gare, appelé par le service du café, s'occupaient de lui. Ils sont allés dehors, où le vieux bourré se mettait par terre et s'allongeait. Les secoures appelés essayaient de le lever. Ça a duré un long moment avant qu'ils ne réussissent. J'ai déjà souvent observé de telle situation. À part cela, la place n'était pas si tranquille que je ne croyais, car de nombreux pigeons entraient et cherchaient des grains de pain aussi sur les tables et par terre. Le serveur courrait après en les chassant, mais ils revenaient tout le temps à cause de la porte de la gare ouverte.

On ne peut pas savoir, ce qu'on deviendra à l'avenir.

En m'éveillant ce matin une image en noire et blanche est sortie de moi. Quelque chose tombait d'un rocher dans l'abime. C'était certainement un être humain, mais je ne voulais pas le savoir, tant j'avais peur qu'il s'agisse de ma propre chute, de ma déchéance physique, ou du déclassement social. C'était vertigineux de voir cela. Quand on pense qu'on porte tout cela en soi.

Le film que j'avais vu m'a bouleversé. Une femme a seule accouché son bébé de huit mois. Il était mort et elle l'enterrait dans son jardin. En étant profondément déçue, elle volait un bébé à l'hôpital qu'il présentait à son marie revenant d'Asie, où il avait passé un an pour son travail. Le vol du bébé n'a jamais été élucidé, mais les parents biologiques ne cessaient pas de chercher leur enfant. Après d'environ 12 ans le père biologique croyait avoir reconnu son bébé, sa fille, car la ressemblance avec sa mère biologique, son épouse, ne laissait aucun doute. Il faisait une photo d'elle et la poursuivait pendant plusieurs jours. La fille qui ne savait pas que c'était son père biologique l'attaquait avec l'aide de son « frère », qui enfin le tuait. La femme qui avait volé le bébé du couple, qui ne cessait pas de souffrir, faisait une dépression qui s'aggravait et un jour, elle s'est suicidée laissant une lettre pour son mari, dans laquelle elle avouait son crime. Le mari ne parlait pas de la lettre et continuait à jouer le père de la fille.

À la fin tout a été révélé au grand jour. La déception profonde de la femme, son narcissisme blessé profondément, parce qu'elle avait accouché un bébé mort, l'avait poussé à nier cette tragédie au point qu'elle a volé un bébé d'une autre femme sans penser à la détresse infinie de cette mère biologique et aux autres conséquences traumatiques pour les êtres impliqués. Il en restait des vies dévastées.

En allant au bus je faisais un détour pour profiter de l'air. C'était une petite rue étroite. Une ambulance s'était arrêtée, la porte arrière était ouverte. La civière, une couche d'ambulatoire, sur laquelle était allongée une vieille femme qui ressemblait à une jeune fille au visage doux, était déjà en dehors de la voiture. Evidemment la vieille petite dame était sans force, sans aucune. Le soleil brillait et éclairait son visage doux, lequel je pouvais très bien voir, car elle était couchée sur le côté. Ses yeux étaient ouverts. Elle était dépendante comme un petit bébé, à la merci de la soignante. Ce que je ne comprenais pas, c'était, que la couverture ne la couvrait pas entièrement, elle était comme jetée sans amour sur elle, bien qu'il fasse un froid terrible. La soignante poussait la civière dans le couloir de l'immeuble. La vieille femme sans force a peut-être été à l'hôpital et revenait. Est-ce qu'il y aurait quelqu'un qui l'attend et s'occupera d'elle ? La fin de vie est impitoyable.

La vie et la mort, main dans la main : Inconsciemment je me suis touchée, je ne voulais pas aller plus loin, mais ça m'a emporté, « la vie » était plus forte que moi : Je ne croyais plus à un tel bonheur, mais c'est arrivé comme ça. Je ne sais plus à quoi je pensais, pas forcément aux hommes. Peut-être je pensais à l'amant français, marié, qui habite en France, mais qui ne répond plus. Peut-être je pensais à l'homme, dont la femme est décédée, qui m'écrit rarement, mais qui m'écrivait récemment de ses vacances à l'Atlantique français. C'est vrai que mon histoire amoureuse et malheureuse dans ma jeunesse il y a 50 ans avec le dernier me préoccupait, car pour la première fois il m'ait envoyé des photos des dunes ravagées par le vent, de la maison, d'un chevreuil qui traversait le jardin au bord d'un foret. Dans mes pensées je suis remontée sur les souvenirs les plus refoulés, les plus douloureux.

Je me suis assise sur un banc au plein soleil dans le Parc « Planten und Blomen », lequel je traversais pour aller au bus. J'aurais pu aller directement à la station de bus, mais j'aime ce petit détour qui me procure un peu de tranquillité. Ce matin, c'était vraiment de l'oasis, un havre de paix. Après, quand on s'en va, on a intégré ce moment de paix.
Comme c'est souvent le cas, on essaye de retrouver le plaisir qu'on a éprouvé. Mais cela n'a pas marché. Le jour suivant il y avait plus de monde que le jour avant et surtout un mec me dérangeait, car en souriant

méchamment, il ne cessait pas de roder autour de mon banc. Je suis donc partie.

Dans le métro, tôt le matin, le samedi de Paques, une fille montait avec son vélo super équipé et un sac à dos gigantesque. Elle allait à Passau pour y faire du vélo jusqu'à Vienne. Adorable. Ce n'est pas la première fois qu'elle le fasse, mais la première fois après le lock down pendant lequel la vie s'était arrêtée dans une large mesure.

À la maison m'attendait une information de la poste que je devrais récupérer un colis à une station de colis. Jamais je n'avais reçu un tel avis. Je me suis rendue à l'adresse. C'était une station de colis en plein air. Heureusement, il y avait une dame qui venait dans ma direction avec un colis qu'elle avait récupéré à la station. Normalement, disait-elle, on devrait être registré pour avoir accès à la station. Non, je n'étais pas registrée. On essayait et ça a marché. Peut-être, disait-elle, l'homme de la poste l'avait déposé ici, parce que c'était des jours ferriers et la poste était fermé. C'était un grand colis mais plat, 30 à 40 cm, l'expéditeur était la maison d'édition de mes livres. C'était bizarre, mais je trouvais une lettre collée à l'extérieur. Une vieille amie avait demandé à la maison d'édition de m'envoyer des dessins, dont je lui avais fait cadeau à l'époque parce qu'elle m'avait soutenue avec de l'argent de temps à autre il y a 40 ans, à une période difficile pour moi. Notre contact se minimisait d'année en année, puis s'arrêtait parce qu'elle m'envoyait souvent entre autres choses des cartes postales avec des motifs floraux peintes par sa mère décédée. Je lui avais écrit que je n'en voulais pas. Puisqu'elle continuait à m'envoyer des colis malgré mon souhait qu'elle arrête de le faire, j'ai fini par lui renvoyer un colis.

Après quelques années de silence je lui avais téléphoné. Lors de la conversation au téléphone, elle me disait qu'elle avait pensé que j'avais déménagé, parce que son colis était revenu à elle. Je lui ai dit, que j'habite toujours à la même adresse et la raison de renvoyer son colis à elle c'était parce qu'elle ne cessait pas de m'envoyer des trucs. Je pense qu'elle s'en est offusquée, car c'était encore le silence qui s'installait entre nous.

Après des années de silence, elle m'écrivait une longue lettre pleine d'éloges à propos de mon livre allemand sur ma mère, qu'elle avait connue, qui s'appelle « Zweiklang ». Je l'avais remercié gentiment, mais sans nouer à l'amitié d'autrefois et je pense, je suppose que cela est la raison pour laquelle, elle ne m'écrivait plus jamais. Sa lettre de louange était comme si un prof énumérait point par point pourquoi telle et telle chose qu'avait écrit son élève était bonne. Je n'en parlais pas de sa manière de m'écrire comme une prof, mais je ne rentrais pas dans des sentiments.

J'ai déballé le colis, et me trouvais en face de nombreux dessins à crayon que j'avais fait à l'époque, à voir était mon fils, ma mère, plusieurs amies et aussi des autoportraits. Je ne voulais pas entrer dans son spectacle mystérieux de me renvoyer ces œuvres. Elle n'expliquait pas ses raisons. J'ai répondu que les dessins étaient arrivés ponctuel pour Pâques (bien que ce fut une coïncidence), et que moi de mon côté lui souhaitait aussi joyeuses Pâques.

Je connais déjà ce phénomène que les gens disparaissent sans donner des raisons et maintenant je ne les demande plus. J'accepte les choses et les gens comme elles se présentent, sans doute, ils ont leur petit paquet à porter comme tout le monde, ils règlent les choses, les relations selon leur goût, selon ce que bon leur semble.

Après des heures de soleil, le ciel a changé en gris foncé.

En allant à la station de bus j'ai fait un grand détour pour digérer les souvenirs lourds. À l'époque j'avais souffert du fait, que cette amie, qui habitait loin, me donnait de l'argent quand je lui rendais visite en train. Peut-être que c'était l'argent de son mari, car elle ne travaillait pas. Je lui faisais cadeau des dessins pour au moins donner quelque chose en retour, pour diminuer ma honte. Si elle m'avait acheté les dessins ça aurait été autre chose, je n'aurais pas dû me sentir honteuse. À l'époque elle voulait lire aussi ce que j'écrivais, le texte long s'appelait « La roue grande ». Je lui ai donné un grand classeur, le grand dossier, mais elle ne s'est pas expliquée là-dessus. J'avais espéré qu'elle me donnerait son avis sur ce texte. Mais elle se taisait et j'ai repris le dossier à ma prochaine visite. J'y voyais un manque d'appréciation, mais je me taisais là-dessus. Il faudrait écouter sa version des choses, car il y a toujours les deux côtés. Pour être honnête, après avoir revu tous les dessins qu'elle m'a renvoyé, je dois dire que la majeure partie ne me plaisait plus. Je ne sais pas ce que j'avais ressenti à l'époque, mais aujourd'hui, je ne trouve réussi que trois ou quatre. Peut-être que l'amie avait à l'époque jugé la qualité des dessins et de l'écriture médiocre ou inférieure.

Est-ce que l'enfant dans la première nouvelle de ce livre s'est suicidé, s'est laissé tomber par la fenêtre expressément, parce que personne ne répondait à son appel ? Si cela avait été la première fois, mais il avait déjà crié tant de fois, des innombrables fois jusqu'à en avoir eu honte. Aussi loin qu'il se souvienne, il était ignoré. On faisait comme s'il n'existait pas. Le non-dit disait : «Fous le camp ! Tu déranges ! Ne te manifeste plus ! Dégage ! » Il était enfant, donc il faisait toujours une nouvelle tentative. Enfant, il ne pouvait pas encore vivre seul. Il avait besoin des grandes personnes dont le refus était presque permanent. Si personne ne voulait pas de lui, alors mieux serait de se tuer, car il ne pourrait pas mener une existence seule comme en sont capable les grandes personnes.

Au cas où il ne se tuerait pas, il grandirait dans le manque presque total d'où émanait peut-être un comportement harcelant, gênant pour les autres, auxquelles il ferait incessamment appel. Ces autres ressembleraient aux personnes d'autrefois, lesquelles l'avaient repoussé, car on dit qu'on recherche toujours les mêmes caractères, qui nous ont fait souffrir lors de notre enfance. Pour guérir notre traumatisme, il faudrait rencontrer des personnes (qui n'ont pas peur de leur côté), qui n'entrent pas dans le moule, le schéma, qui nous permettent de faire des expériences positives et ainsi remplacent les anciens modèles.

La chute de l'enfant par la fenêtre n'était donc pas un accident.

La chambre de mon appartement devenue vide récemment, j'en ai parlé, est à nouveau occupée, occupée par le désir. Ça sonne un peu fou et peut-être je suis un peu folle, mais hier une vague de plaisir a encore envahie mon corps qui faisait que je suis venue/partie plusieurs fois malgré mon âge. J'ai finalement accepté ce désir avec lequel j'ai toujours eu une relation conflictuelle, car j'avais appris et intériorisé que le désir était un péché et donc interdit, en particulier aux femmes.

Je parlais de cette vague de plaisir à l'amant français, qui se taisait depuis longtemps, dans un email, parce que je le savais sensible à ce sujet. Je recevais un email en retour deux heures après. Il écrivait « C'est très bien pour ta santé ! ». Depuis déjà trois mois et demi il se taisait, mais je peux presque être sûre, dès que j'aborde le plaisir il se manifeste. Cela me rappelle un homme qui disait, il suffit d'étaler un morceau de « sucre » pour que l'homme accourt. Après, ce mini-échange s'est arrêté à nouveau. Mais en tout cas, je sais maintenant qu'il est vivant. Il s'était exprimé aussi sur un dessin, lequel m'avait renvoyé l'ancienne amie après des décennies et dont je lui avais fait une photo. Il écrivait : « Un joli coup de crayon. Elle (la femme présentée sur le dessin) a l'air triste ». Normalement, il n'aurait pas répondu à mon mail de photo, mais il ne voulait sans doute pas répondre exclusivement à mon mail de plaisir.

Une copine, qui a 34 ans moins que moi, a lancé toute sa colère contre moi dans un message vocal sur WhatsApp d'une durée de 4 minutes. Elle était furieuse et ne répétait que « sous pression ». Elle se sentait sous pression par moi. Je l'avais demandé si elle me répondait à mon message. Cela lui faisait exploser. Il faut dire, que parfois nos messages allaient et venaient comme un jeu de ping-pong. Parfois non. Je n'ai pas répondu à sa colère, j'ai seulement écrit, les choses sont comme elles le sont et nous sommes comme nous le sommes. Depuis j'ai un blocage de prendre un rendez-vous. Sa colère est entrée dans mon corps et je n'arrive pas à retirer « ce couteau » enfoncé en moi. C'est un point sensible chez elle, car je me souviens qu'elle me parlait de son petit ami avec qui elle vit ensemble et lequel le mettrait sous pression. Il parait que pas mal de gens de son entourage l'ont déjà mis sous pression ou l'ont rabaissé ou manipulé, sentiments dont elle m'avait souvent parlé.

Je n'aime pas ses messages vocaux, parce qu'elle y parle souvent de ses maux de têtes, presque pas de message sans migraines ou maux de têtes ou fatigues, je pense qu'elle n'en est pas consciente malgré mes allusions.

C'est difficile.

Je me demande si je ne somatise pas, car je ressens des douleurs lombaires et une grande fatigue.

Ce soir sur YouTube le « Low-vision Song Contest 2023 » pour les non-voyants de l'Allemagne, modéré par mon fils et une collègue. Ils ont interviewé les chanteurs, les chanteuses aveugles, les non-voyants, et ont choisi ceux et celles qui se présentent ce soir avec leur pièce de musique. Les auditeurs et les auditrices peuvent voter pour la chanteuse ou le chanteur qu'ils trouvent le/la meilleur/e. Le gagnant, la gagnante participera au »International Low-vision Song Contest 2023 » où se présentent les chanteurs et les chanteuses non-voyants de toutes les autres pays sur terre.

J'ai suivi l'émission sur YouTube et j'étais impressionnée par la qualité de la musique et du savoir de mon fils.

Je suis en train de corriger la nouvelle « la sorcière » où il y a un meurtre commis avec un couteau. Cela me rappelle que j'ai offert le jour avant d'hier un couteau long de 30 cm avec des dentelés aux filles du café mais aussi à une locataire qui habite mon immeuble, elle est sage-femme et aime faire la cuisine. Elle voudrait bien l'avoir. J'en suis contente. Ce couteau m'avait toujours fait peur à cause de sa taille et aussi parce que je n'arrivais pas à le manier. Je l'avais acheté pour couper mon pain plus facilement mais ça n'a pas marché, donc il était devenu inutile et une menace. Je suis alors soulagée.

C'est un vacarme insupportable dans la gare où je me suis rendue pour écrire. Les sans-abris sont dans leurs éléments. Pourquoi doivent-ils toujours crier quand ils s'entretiennent ? Puis il y a aussi l'écho de la gare qui joue un rôle.
Un couple dont la femme tousse en permanence raconte que cela vient de leur croisière sur le bateau Aida, car l'air n'y circulait pas. Les responsables n'ont pas pris soin de circulation de l'air. Ils pensent qu'au moins 400 personnes ont souffert du même problème. Ils rentrent chez eux malades.

L'amant français d'antan m'a envoyé une belle photo de la mer Méditerranée et du ciel d'Azur du printemps. Je m'en réjouis.

Dans un autre mail peu après, il répond : « Cela n'a pas d'âge » et il a raison, c'est juste que je m'en culpabilise des vagues de plaisir, que je m'en accuse. À cela il répond « C'est même bien que tu aies encore envie à ton âge ! » Il a raison, j'ai la chance.

Pour ne pas faire du surplace sur ce sujet, je lui envoie une photo des drapeaux qui se reflétaient dans l'eau du lac au centre-ville. Je ne m'attends pas à une réponse mais elle vient : » Original. Bel effet ! »
Je suis contente de ce petit fil de contact entre nous.

Chaque jour je m'entraine, c'est-à-dire je fais des exercices pour faire disparaitre les douleurs dans mes jambes et celles de mon bassin. Les douleurs viennent sans doute de mes disques intervertébraux endommagés, comme l'a montré l'examen de IRM. Mais ce matin je ne suis presque pas arrivée à me lever. Pourquoi les douleurs s'empirent autant ?

La couronne de dent qui s'était détachée et a été à nouveau fixé, s'est encore détachée et cela après seulement un jour.

Le camarade d'école d'il y a 57 ans vient de m'écrire que sa femme a été interrée à l'hôpital psychiatrique dans le service fermé à cause de sa maladie Alzheimer - Démence. C'est dur. Je n'ai pas revu ce camarade de classe depuis cette époque, mais il m'avait envoyé une photo qui le montrait avec sa femme devant la maison blanche, et il m'avait parlé de leurs fils et leur petit enfant. Cette nuit je pensais à sa femme atteinte de la maladie Alzheimer et de la démence, qui avait accouché deux garçons, dont elle ne se souvient plus, ni de son mari, ni d'elle-même. Elle a disparu dans l'oubli total.

Puis je me réveille avec des douleurs contre lesquelles je fais des exercices, mais cela ne m'a pas aidé.

À 8 heure du matin je prends un rendez-vous chez le dentiste.

C'est dans une chaine de droguerie. Nous sommes assis à la fenêtre, entre nous il reste deux places libres. Actuellement je viens tous les jours à 8 heures, l'heure d'ouverture du magasin. Je déballe mon ordinateur portable. Avant de commencer à écrire, j'appuie sur le bouton de la machine, qui verse mon cappuccino dans la tasse que j'emmène tous les jours pour éviter d'utiliser un gobelet en carton ce qui est à la mode et mauvais pour l'environnement. Ce cappuccino avec du lait bio coute 1,50€, dans un vrai café il est au moins 3,50€. Il y a quelqu'un qui partage mon habitude. Les quatre places à la vitre vont sur la rue, sur l'autre côté de la rue se trouve le lac du centre-ville. C'est donc une jolie vue. Mais au final je ne lève pas souvent ma tête de l'ordinateur portable si ce n'est que pour dire un mot à l'homme à l'autre bout avec les deux places libres entre nous. Cet homme mince dans la soixantaine a son rituel lui aussi. Bien sûr lui aussi appui sur le bouton pour que son café noir soit versé. Puis il déballe son livret de devinettes et commence à remplir les petites cases tout en mangeant des biscuits qu'il a apportés, comme moi qui a apporté mon pain préparé à la veille. Quand il a fini avec les devinettes, il ouvre son livre, qui est toujours un nouveau, et commence à lire. Ce sont en générale des livres d'horreur sinon des romans policiers mais une fois il lisait un roman d'amour larmoyant irlandais. Il ne connait pas Irlande mais Écosse où il a été plusieurs fois. Il aime beaucoup ce pays. Une autre fois, il lisait des nouvelles d'Edgar Allan Poe en anglais. En faites, je ne sais pas vraiment s'il lisait vraiment tous ces livres ou si cela n'était de la tromperie pour se faire inaperçu, pour ne pas attirer de l'attention sur lui. J'avais l'impression qu'il était peut-être un sans-abri ou du moins une personne pauvre qui obtenait ses vêtements dans des boutiques spéciales conçues pour les gens pauvres et les sans-abris qui n'y doivent rien payer. J'ai eu cette impression parce qu'il portait une veste différente chaque jour, non, pas chaque jour, mais souvent. Pourquoi ne devrait-t-il pas avoir plusieurs vestes dans son armoire. Cela n'a peut-être rien à voir avec les boutiques pour les sans-abris. Il y a beaucoup de gens qui possèdent plusieurs vestes. Sinon, il avait l'air soigné, les cheveux semblaient être teints. Il n'était pas envahissant, intrusif, insistant. Il ne me posait pas de questions, par exemple sur ce que j'écrivais. C'était plutôt moi qui en posais, par exemple sur ses livres, sur ses devinettes ou parfois j'ai raconté de fait divers ou aussi, je lui ai raconté mon expérience avec l'employé de la banque qui était devenu fou et ne faisait que recopier des adresses de l'annuaire téléphonique. Il affichait un tout petit sourire en réaction. Je ne sais pas comment c'est arrivé mais d'un coup, il parlait de la pollution de l'air dans les rues étroites, il disait que l'eau à Hambourg est bonne mais pas l'air. Dans la rue je l'ai vu avec une cigarette roulée. Sa marche est douce et prudente, il n'est pas pressé.

On s'est croisé ce matin, tout à coup il était devant moi. Je lui ai donné un bon pour un cappuccino bio avec du lait bio, parce que le magasin bio fêtait son cinquième anniversaire et distribuait des bons. Il m'a demandé s'il en reste un bon pour moi. Oui, bien sûr. Je lui ai souhaité un bon weekend et m'en allais.

Heureusement l'échographie de mon cœur était bonne. Mon père est décédé à cause d'un infarctus du myocarde, c'était le troisième à l'âge de 72 ans. Le cardiologue disait que mes problèmes de pression sur le sternum et que je sens parfois un anneau de fer autour de la poitrine, de la cage de thoracique, cela pourrait venir peut-être de mon ventre, en tout cas cela ne viendrait pas de mon cœur. Je suis contente, que mon père ne m'a pas chargé de sa maladie.

Puis une bonne expérience chez la physiothérapeute, elle avait des mains qui valaient de l'or, qui valent de l'or. Je ne peux pas le décrire, elles étaient comme indépendante de son corps et son être, qui venaient d'un autre monde, un monde de guérison. C'était ma deuxième séance, la première chez un thérapeute n'était pas aussi bonne, je ne sentais pas les mains posées sur mon corps, peut-être parce qu'il ne massait pas, mais appuyait plutôt sur un certain point qu'il pensait responsable de ma douleur.

J'écoute souvent les informations qui sont de plus en plus moins supportable. Hier après les infos, je me suis arrêtée sur un film sur arte tv : « Inspecteur Lavardin » de 1986 de Claude Chabrol.

Le beau-père, un écrivain catholique, qui prétendait être un homme vertueux, exigeant des autres de mener une vie impeccable, s'attaquait sexuellement à la fille de son épouse de peut-être 15 ou 16 ans. Dans sa grande peur et menace concrète elle le tuait et appelait le frère de sa mère avec qui elle était en bonne entente. Il l'a enveloppé du drap et l'a transporté à la plage où on l'a trouvé nu couché sur le ventre, sur son dos était écrit « cochon ». La rencontre du beau-père et la fille a eu lieu dans un « studio » d'un disco, dont le patron faisait de l'argent avec de telles « rencontres ». L'inspecteur arrêtait le patron pour meurtre et présentait un témoin « acheté ». Il l'a fait pour sauver la fille et son oncle, car le patron de « l'établissement » était à l'origine des abus sexuels des mineurs. J'ai compris le film comme cela.

Je pouvais si bien comprendre la fille et toute la scène épouvantable. Je connais ces messieurs dégueulasses, dégoutants qui vous sourient mais au fond c'est un sale sourire. Je pense à des milliers de chambres fermées à clé, où se produisent un viol. Cet enfermement qui te serre la gorge.

L'amant français d'antan n'a pas répondu à ma question s'il a repris les randonnées offertes par la ville et est resté silencieux depuis. La question était alors trop privée. Mais quand je lui ai envoyé une photo d'une sculpture qui représentait une femme nue avec la question : « Tu aimes ? » Monsieur a tout de suite répondu : « Oui, sous un ciel bleu. Ici le ciel est gris ». La sculpture grande se trouve à l'entrée d'un jardin publique. La femme est allongée à trois quart sur son dos. Les épaules et la tête sont levés et supportés par ses coudes qui s'appuient sur le sol. La jambe gauche est repliée et forme un triangle, l'autre aussi mais est posée sur le sol. Je l'ai photographié de manière à ce qu'on ne voie ni ses seins ni son sexe, mais sa nudité et son visage légèrement souriant. Et c'est vrai, le ciel est bleu.
Je sais déjà que l'amant d'antan est comme ça, toute même je ressens toujours un léger pincement, une

légère déception, ce qui me montre que j'ai toujours une lueur d'espoir.

Peu de temps après, je lui envoie trois photos de ma promenade dans « la nature », sur le chemin qui va d'Altona jusqu'à l'Elbe à Övelgönne, mais je ne suis pas allée à la plage, je suis revenue sur mes pas voyant la foule. Mon cher amant d'antan a commenté sans délai, sans retard : « Belle promenade. Ici il pleut. » Un soupir de soulagement m'échappe, le fil de notre lien s'est encore manifesté par cette petite remarque. Je vois devant moi le fil d'un tissu qui passe régulièrement au-dessus et en dessous d'un autre fil pour former le tissu. Quand il passe en dessous, ça veut dire, que je ne le voie plus, alors j'ai le problème d'imaginer qu'il n'a pas disparu, mais qu'il est encore là. C'est peut-être comme avec les petits enfants qui pensent que leur mère a disparu, quand ils ne la voient pas, bien qu'elle soit à côté dans la cuisine par exemple. C'est épuisant de devoir toujours tout avoir sous le nez pour y croire. Je suis donc encore une petite enfante qui réclame tout le temps sa mère ?

Le jour après que a été le premier mai, je lui ai envoyé une photo du port d'Övelgönne, l'image de ce matin montrait un détail, au premier plan une jolie vase avec des tulipes en fleur et derrière deux tables d'un café et au fond dans le bassin portuaire l'eau avec des grues.

Je ne m'y attendais pas mais il m'a envoyé une photo du soir, un ciel presque jaune et blanc au-dessus d'une mer agitée. Après la sècheresse c'est la pluie chez eux. Peut-être il y avait même un orage ? Il n'écrivait que « ce soir ». J'étais contente qu'il pense à moi.

J'ai osé de lui demander si c'était un orage. Non, un simple coucher de soleil. Puis je lui envoie une photo de ma place de travail à la fac où je me suis rendue aujourd'hui. Sur cette photo on voit beaucoup d'étudiants*es devant leur écran assis à une longue table. Par hasard j'ai trouvé une place individuelle à une table ronde, car un étudiant venait de partir. Il y en avait quatre autres à côté de la table longue.

Est-ce qu'il va écrire un commentaire sur mon message ?

Non. De même pour mon message, dans lequel je raconte ma journée.

Je pense son silence durera encore 3 mois.

Je souffre de la distance de 1.500 km environ. Je ne pense pas qu'on se reverra. Je ne sais pas s'il voudrait me revoir. Il ne répond plus à cela, je le lui avais déjà demandé.

J'ai perdu mon intérêt à découvrir une ville en solitaire. Je suis trop déprimée.

Mais non, il répond. Il répond : « Pas de rando pour le moment. Juste petite balade. Bonne soirée. »

Je trouve sa réponse un peu inquiétante. Est-ce qu'il est malade et ne peux donc pas faire une randonnée ? À cela il ne répondra certainement pas. Ou peut-être c'est à cause de la pluie chez eux ?

Je suis surprise, car il répond. Il répond : « Plus l'envie »

J'ai répondu que je pourrais venir et faire de mon mieux pour que son envie revienne. Lui : « C'est gentil, mais tu serais déçue. J'embrasse ton sexe. » Olala, il m'embrasse mon sexe. (Il ne m'embrasse pas, mais il embrasse mon sexe.) Moi : « En quoi je serais déçue ? » Lui : « peu de temps disponible ». Moi : » Je croyais que tu étais plus libre après le décès de ta mère dont tu t'es chargé. » Et : « Je m'adapterais au fait que tu sois moins disponible. » Pas réponse de sa part, alors je lui ai écrit qu'il a raison, que je serais peut-être déçue bien que je ne le veuille pas. Que je lui enverrais des photos de mes promenades comme je l'ai déjà fait pendant mon dernier séjour (il y a deux ans où il n'était pas non plus disponible.). À cela il a répondu : « C'est bien. Pas de pression pour nous deux. Bonne journée »

Cela me rend triste mais c'est peut-être une bonne fin de notre histoire d'amour de quatre ans mais on ne s'est pas vu que deux semaines dans la première année. Si je pense à son propos « Peu de temps disponible », je ne suis plus sûre de m'y rendre en fin de mois. Puis je lui ai demandé de préciser ce « peu de temps disponible », ce que je pourrais attendre de lui. Je ne sais pas s'il va s'expliquer.

Il ne le fait pas. Au lieu il m'envoie au soir une photo avec le commentaire « petites fleurs du jardin ».

Il est comme ça.

Je croyais faire quelque chose pour l'environnement en apportant mon propre verre pour le café comme la droguerie le recommande sur une affiche à côté de la machine à café dans la droguerie Rossman. Je me suis trompée, car une des vendeuses est venue à ma table pour me dire que je n'aurais pas le droit d'amener mon propre café. Je trouve cela très bizarre, elle et les autres vendeuses soupçonnent alors tous les gens qui apportent leur propre récipient de boire leur propre café. C'est absurde, et si on poussait l'absurdité plus loin, ils devraient soupçonner les gens verser leur propre café dans les gobelets en papier de la droguerie. Si la machine produisait des bons on pourrait le prouver, mais comme la machine ne fait qu'avaler l'argent, on n'a pas de preuve et se fait soupçonner. Je suis partie, parce que je ne peux pas écrire dans une atmosphère empoisonnée.

La copine qui est partie en vacances avec son petit-ami m'envoie une photo de Prague, en dessous elle écrit « La Tour Eiffel » avec un smiley riant. Sur la photo on voit une copie de la Tour Eiffel de Paris et une foule devant. Je trouve cela ridicule.

Je lui ai envoyé trois images d'un osier, un arbre, que je trouvais magnifique, d'abord sa vieille écorce du tronc d'arbre, puis sa couronne largement ramifiée était comme un squelette noir sur le ciel bleu et sur la troisième photo que j'ai pris pendant mon petit tour de parc on voyait le feuillage tombant de l'osier.
Sa réponse était immédiate : « Très jolies photos » et dans un deuxième mail avec photo : » Première rose du jardin. Sous un ciel devenu gris avant la pluie ».
J'étais ravie, car la rose était une vraie beauté.

Le *corps* vierge

Traduit de l'allemand du livre allemand « Stimmen »

Un homme est assis dans le plus sombre coin du café. Il est caché dans le fauteuil bas et confortable d'où il est assez difficile de se lever. Ce qui n'est pas nécessaire tout de suite, car il vient d'arriver dans ce café et a commandé un espresso double. La tasse, dans laquelle a coulé l'espresso, est blanche, un blanc de céramique. Il aurait aimé mieux une tasse noire ou marron sombre.

Quand il a monté les escaliers avec son espresso, sa main tremblait. Le coin le plus sombre du café était au premier étage. Il y a beaucoup de place, la moitié est meublée des tables en bois très grandes, c'est pourquoi de nombreux étudiants et de nombreuses étudiantes y travaillent sur leurs ordinateurs portables. L'étudiante chinoise déballe des petits pains et aussi deux bouteilles d'eau chaude pour qu'elle puisse y travailler pour six heures. L'autre moitié de la salle est réservée aux gens qui y passent leur pause de travail ou font une pause de leur shopping ou qui veulent s'amuser avec leurs camarades. Il y a donc un certain ordre dans ce café et tout le monde le respecte.

L'homme est arrivé dans son coin sombre et confortable, il met l'espresso dans sa main tremblante sur la table. Le tremblement est peut-être signe de son âge, il n'est pas vieux, mais jeune non plus. Il n'a rien d'extraordinaire à l'extérieur, ses vêtements ne suivent visiblement pas la mode.

Sur le faux cheminé, qui est un trompe-l'œil à côté de son fauteuil, il y a une pile de vieux bouquins, lesquels ne l'intéressent pas, mais spontanément, il sort de la pile un livre dont le titre l'attire : « Chamade ». L'écrivaine est Françoise Sagan. Il se souvient vaguement de son livre « Bonjour tristesse ». Il ne connait pas le mot « chamade » et regarde donc dans le vieux dictionnaire placé également sur le cheminé. Il est dit, que le mot désigne un tourbillon de batterie pour annoncer une défaite. L'homme hoche ses épaules, il n'est pas impressionné, remet le livre et s'engouffre dans son fauteuil. À la table voisine une femme vêtue de blanc s'assoit. Elle lui sourit brièvement. Dans le blanc de ses vêtements se mêle l'ombre car c'est le coin sombre où elle a cherché sa place tout comme l'homme.

Il se demande si la tenue vestimentaire de la femme est encore d'actualité et si elle est encore au goût du jour. Il remarque ses jolies jambes et s'enfonce encore plus dans son fauteuil du coin sombre. Déjà la femme se lève et quitte le café en lui souriant de nouveau. Il soupire et pense qu'un espresso est parfois vite bu.

Le livre « Purgatoire » lui vient à l'esprit, la couverture du livre français colorée en bleu, écrite par Sofi Oksanen, une histoire atroce.

Un autre souvenir s'est enchainé. C'était sur l'ile de la mer du Nord. Elle s'était arrêtée à un kiosk, car l'homme sur la première page d'un journal l'attirait magnétiquement. Elle fixait ses yeux sur lui, son violeur. Depuis elle gardait cette page avec l'image de cet homme dans son sac à main.

Le jour prochain, la femme en tailleur blanc réapparaît dans le café en souriant.

Elle est tombée enceinte, mais encore à neuf mois de grossesse, elle a continué ses études à la fac. Tandis que lui, rentrait le soir fatigué du travail qui ne l'intéressait pas, car il était stupide. La petite fille le regardait stupéfaite comme s'il était un extraterrestre pendant qu'il accrochait son chapeau au vestiaire. Il voulait ensuite aller à sa rencontre mais s'est arrêté brusquement, puisque les yeux de la fille semblaient vouloir le punir. Elle n'est jamais venue à sa rencontre, mais l'attendait déjà à l'entrée, le lorgnait, le dévisageait quand la porte d'entrée s'ouvrait.

Au café il semblait endormi. On voyait sa tête presque sans cheveux penchée en avant, du coup il a sursauté quand la femme en tailleur blanc s'est assise à la table voisine en lui souriant ce qu'il prenait comme offre.

À la maison la petite fille prenait la fuite dès qu'elle le voyait entrer dans l'appartement.

Au café la femme en tailleur blanc venait presque tout de suite après lui. Mais il lui semblait qu'elle avait oublié son espresso et aussi de lui sourire. Quel ennui.

À la maison, quand sa femme voulait le recevoir à la porte, c'était la fille qui s'est mise rapidement entre elle et lui en jetant sa salive devant lui. Elle jouait la protectrice de sa mère et manifestait son dédain pour lui. Quelle horreur. Il en avait marre et quittait la maison pour toujours. La mère regardait sa fille et ne croyait pas à ce qu'elle voyait. La fille tenait en sa main l'image de l'homme de la première page du journal. Est-ce que sa fille avait reconnu l'homme ? Bien vite la fille s'est esquivée.

Au café, enfoncé dans son fauteuil, il souhaitait clandestinement que la femme en blanc ne viendrait pas pour qu'elle ne voie pas le désastre en lui. Mais elle venait insouciante tenant un journal roulé dans une main et dans l'autre son espresso. Mis sur la table, le journal s'est déroulé. Il voyait l'image de l'homme et fermait ses yeux. Il souhaitait que ce serait pour toujours et s'endormait. Puis la serveuse le secouait en disant « Vous avez dormi, maintenant c'est fini. Je veux finir ma journée de travail. » Dehors il se frottait ses yeux et s'est éveillé complètement.

Ses yeux étaient attirés par une belle rose épanouie sur une pierre de granit, qui était en vérité une armoire électrique. Il a pris la rose et à la maison il l'a mis dans l'eau.

Le jour suivant il emmenait la rose avec lui au café, elle était tout de suite aperçue par la femme en blanc qui lui donnait un grand sourire, alors il lui en faisait cadeau. C'est pourquoi ils quittaient le café ensemble. Chez elle, elle a ôté sa blouse, il admirait ses seins ronds et fermes et ôtait sa chemise à son tour. Puis ils s'aimaient.

Dans son coin au café, il sentait la clé dans sa poche, qu'elle lui avait donné et qu'il avait déjà utilisé de nombreuses fois.

C'était un jour comme tous les autres. Ils avaient enlevé leurs chemisiers et il était de nouveau fasciné par ses petits seins, quand il a ressenti soudainement l'impulsion de saisir le couteau, qui brillait à proximité d'eux. Avec ce couteau rayonnant il a poignardé dans le corps de la femme à l'endroit entre ses seins. La peau de cet endroit innocent et brillant lui semblait comme un vagin vierge ce qui déclenchait son désir bestial. Elle tombait par terre et le sang rouge sortait de la longe plaie qu'il lui avait fait. Il était horrifié mais aussi excité. L'excitation était si forte qu'il fonçait son membre dans la plaie ensanglantée, mais il ne pouvait pas jouir à son grand étonnement, car il était excité comme jamais. Il retirait son membre, se levait et quittait l'appartement en panique sans se retourner et sans prendre ses adieux.

Un jour, pendant son incarcération à la prison, il a eu une visite. C'était la fille. Il sentait des frissons et prenait du recul. Ses yeux étaient glacials et ne promettaient rien de bon. Elle disait d'une voie dure : « Quand tu sortiras d'ici, je te tuerai !! »

C'est cela qu'il attendait maintenant. Il ne pensait qu'à cela, au café dans le coin le plus sombre. Mais comme elle ne venait pas, il croyait que la fille avait peut-être abandonné son projet de vengeance. Par contre, quand il a quitté le café, il avait l'impression que c'était elle qui entrait au moment où il sortait. Comme c'était une porte à tambour, il ne pouvait pas dire avec sureté si c'était elle ou non. L'incertitude est restée. Le claquement des talons de chaussures derrière lui dans la rue, il ne venait pas d'elle ? Il aurait aimé se boucher ses oreilles. Il n'osait pas se retourner et a accéléré son pas. Il allait droit à la gare, où il achetait un ticket pour St. Peter Ording, sans savoir ce qu'il voulait faire là-bas. Dans le train il trouvait le livre « Chamade » dans sa poche, sans y penser il l'avait glissé dans sa poche. Il s'est penché en arrière et fermait ses yeux. Il entendait le claquement des talons. Est-ce qu'elle l'a suivi ? Est-ce qu'elle est dans ce train ? Il se sentait mal à l'aise et ouvrit le livre, lisait les premières pages, et s'est rendu compte que le livre ne lui plaisait pas. Quand-il entendit quelqu'un frapper à la porte de son compartiment, il sursautait. Mais c'était le contrôleur, qui voulait vérifier son billet et lui souhaiter « Bon voyage ! » L'homme était soulagé pour l'instant et tirait les rideaux de son compartiment.

Se construire

Elle a tiré fort. Elle devrait réussir à mettre ce tailleur de sa sœur. Cela ne pouvait pas être autrement. Elle ne pouvait pas croire que les manches de ce vêtement n'étaient pas assez longues, mais trop courtes, beaucoup trop courtes. Ce n'était pas beau et ne pouvait pas être ainsi, car sa sœur était quelques années plus âgées qu'elle, qui a toujours été la petite. Le tailleur était beau, c'était pourquoi elle voulait le porter. En particulier, elle aimait l'étoffe, tissée d'un fil blanc et rose. Mais elle, la petite, maintenant grande, se sentait dedans comme dans une camisole de force, parce qu'elle sentait autour de ses seins, de son torse, une tension. Le vêtement se tendait, malgré la stature, la posture stabile de sa sœur, pas facilement à faire tomber, contrairement à la petite.

Elle avait l'impression, qu'elle portait un corsage, lequel porte normalement les bébés, ouvert au dos, à fermer avec une bande ressemblant à une corde. Il manquait la petite culotte. Personne n'était dérangée par son sexe de petite fille, au contraire, ils en riaient, quand ils l'on vu sur la photo, laquelle avait été prise par son oncle. Personne n'était dérangée par la caméra, qui tournait autour d'elle jusqu'à ce que l'on voit son petit sexe de petite fille en gros plan, car la caméra s'était approchée tout près. L'oncle se vantait de ses photos qu'il développait dans son labo de photo. C'était à rire disaient les personnes présentes.

La petite fille ne comprenait pas pourquoi l'oncle attachait les photos agrandies aux murs. Elle lui disait qu'elle ne l'aimait pas cela. Mais l'oncle la tiré par ses cheveux et a répondu qu'elle ne devrait pas dire des conneries, par contre elle devrait lui montrer son sexe de fille. Elle ne voulait pas et tapait du pied, mais l'oncle a fermé la porte à clé et a jeté la fille sur le lit. Elle le suppliait, mais il ne la lâchait pas, au contraire il a fermé sa bouche avec sa main et avec l'autre, il a arraché son slip et a foncé son sexe en elle.

Cet abus a duré plusieurs années.

Elle a tiré à son tailleur par ici et par là, mais il ne s'est pas adapté à son corps comme à celui de sa sœur. C'était une énigme. Elle était la petite, mais est devenue plus grande que sa sœur au cours de sa puberté, néanmoins la jupe de ce tailleur était chez elle plus long, beaucoup trop long que chez sa sœur qui au cours de sa puberté avait pris du poids. Chez sa sœur le tailleur sentait bon, car elle était esthéticienne et utilisait des produits exquis. La petite ne sentait pas aussi bon que la grande, aussi chez elle cet habit avait plutôt l'air stricte que doux. Il se peut que quelqu'un lui avait donné le tailleur de sa mère, car celle-ci était en possession d'un tailleur stricte, rigide, mais qui n'allait pas jusqu'aux genoux comme chez elle, la petite devenue grande. Le tailleur était étroit dans la taille, mais ne faisait pas mal à sa sœur ou à sa mère comme c'était le cas chez elle, elle avait l'impression d'être serrée dans un corset. Tout cela était déroutant, déconcertant. Et le chapeau, d'où venait-il. Elle n'en avait jamais porté. Les chaussures étaient trop grandes. Rien ne semblait être fait pour elle-même. Elle en était désespérée, car qui était-elle,

elle ne se reconnaissait pas. Le même pour son caractère, elle devait faire comme sa sœur, faire comme sa mère, faire comme sa tante, faire comme les membres de la famille, mais qui était-elle, comment le savoir, si elle ne reproduisait que les autres. Quelque chose d'original était mal vu et exclu. Est-ce qu'elle était injuste ? Elle pensait au maquillage de sa sœur, chez elle cela n'avait pas le même effet, bien qu'elle ait acheté les mêmes produits, ceux qui étaient utilisés par sa sœur, l'eye-liner, le rouge aux lèvres, le poudre, le fard à paupière, le maquillage, tout pour se faire belle, mais chez elle l'effet était le contraire, elle se trouvait encore plus laide qu'avant. Elle aurait tant aimé de rayonner comme sa sœur admirée par tout le monde. Elle réfléchissait et pensait qu'elle devait sourire comme sa sœur le faisait avec satisfaction, car elle pouvait dans ces moments montrer ses belles dents blanches et entendre les compliments du père avec délice. Elle-même n'avait jamais entendu de tels compliments, au contraire elle devait subir des reproches, qu'elle ne souriait pas si joliment que sa sœur. Même maintenant, elle essayait un sourire, mais fermait sa bouche aussitôt, quand elle voyait au milieu de sa rangée de dents supérieure une espace interdentaire. Il y manquait aucune dent, c'était ainsi par naissance, et c'était pourquoi elle faisait attention de ne pas ouvrir sa bouche sauf si c'était indispensable.

Elle voyait cette personne en vêtement noir avec un bouquet de fleur rose et blanc. Quand elle posait ces roses blanches et roses sur la tombe parsemée de nombreuses couronnes de deuil et de fleurs, elle commençait à sangloter, car elle avait pourtant aimé sa sœur, l'admirable, à voir sur la photo au milieu des fleurs, qui l'entouraient. Elle avait adoré la sœur comme tout le monde mais le faisait en cachette. Sur la photo elle portait ce tailleur de l'étoffe tissé d'un fil blanc et rose. Des beaux yeux rayonnaient et il lui semblait que le cimetière entier était éclairé par son sourire et ses éclats de ses yeux.

La femme en noir séchait ses pleurs, puis elle se donnait un coup de cœur et souriait à sa sœur malgré l'espace interdentaire, lequel se faisait voir, car c'était un sourire grand ouvert. De son étonnement elle avait l'impression que sa sœur lui répondait, elle disait : « T'as bien fait ! »

Le refus

Un dos courbé, arqué. Dans la nuque on voyait la racine des cheveux. La tête tombant en avant n'était presque pas visible. Pas de bras, pas de jambes, seulement le dos profondément courbé, vêtue d'un t-shirt blanc. Peut-être une femme qui écrivait ou qui cousait un vêtement ou elle bricolait quelque chose, mais ce dos courbé pourrait appartenir aussi à un homme, qui regarde son portable, peut-être en train de voir un film ou lui aussi cousait une pièce ou bricolait.

Soudain, une femme joyeuse entrait et mettait ses bras autour de cette personne à dos courbé, un geste tendre. Elle voulait sans doute échanger des tendresses puisqu'elle posait sa tête sur son épaule. Mais cette personne, apparemment son mari, ne réagissait pas, comme s'il était résistant à ses avances. Il était froid, où était parti sa chaleur ? Elle était déçue et s'est retirée. De toute façon l'enfant criait et demandait son attention. L'enfant une fois couché, elle rangeait la cuisine. Après, elle ne voulait pas retourner dans le salon où l'homme ne remuait pas. Elle ne voulait pas se confronter à son refus dont il l'avait puni dans ce dernier temps, elle l'avait bien remarqué. Aller dehors, ce serait un bon choix, faire du jogging au bord du lac. Le soir était doux, mais le dos courbé la hantait. Peut-être devrait-elle à la fin quitter la ville pour perdre cet ombre et son sentiment de déception. Mais quelle que soit la solution qu'elle imaginait, il lui semblait que le refus de son mari exprimé par son corps, la suivrait partout, même si elle voyageait jusqu'à la fin du monde. Pendant qu'elle courait près du lac elle laissait libre cours à ses pensées et sentiments. Le soir s'assombrissait et touchait déjà à la nuit. Le jogging n'avait pas fait disparaitre la déprime, au contraire, il manquerait encore peu et elle serait envahi d'une dépression. Comme déjà de nombreuses fois sa pensé au suicide se présentait comme solution. Mais elle pensait trop à son enfant pour le réaliser.

Elle ralentissait son pas, car elle se sentait déjà épuisée dû à un manque d'entrainement. La nuit était tombée. Elle s'arrêta et descendit le talus jusqu'à l'eau. En s'approchant du bord du lac, il lui semblait, qu'il y avait quelqu'un qui s'était allongé. Par prudence elle ne voulait pas s'approcher de la personne, puis elle s'est dit, qu'elle aurait peut-être besoin d'aide. Donc elle avançait, mais arrêta son pas, puisqu'elle avait l'impression que la silhouette, qui ne bougeait pas, ressemblait à son mari, qui s'est peut-être endormi. Son cœur s'est mis à battre. Arrivée auprès de lui, elle a vu qu'il était mort. Il s'est tué ? Mais pourquoi ? Elle appelait la police.

À la maison son dos courbé, signe de son refus, signe qu'il ne voulait pas d'elle, lui manquait. À cet endroit elle ramassait une lettre, écrit à la main, qui commençait avec le prénom de son mari. C'est alors dû à cette lettre, qu'il lisait, que son dos était courbé. Elle commençait à lire, son souffle s'arrêta, quand elle comprenait qu'il s'agissait d'une lettre d'amour. Son amante s'est séparée de lui et cela lui avait fait un coup douloureux hors norme. Elle voyait quelques larmes séchées sur le papier. Elle a été donc trompée depuis longtemps. Maintenant c'était à elle de sentir une douleur profonde et des larmes chaudes. Machinalement, elle allait dans la chambre d'enfant. Son enfant dormait fermement. Elle l'a pris dans ses bras et se promenait avec lui dans l'appartement, comme s'il était éveillé, ne pouvant pas s'endormir, comme si elle devait l'apaiser.

La sorcière

J'attendais le feu vert, le carrefour était plein de gens. Une femme au manteau rouge attirait mon attention. Elle aussi attendait, mais impatiemment elle piétinait d'un pied sur l'autre. Pendant un petit moment je me suis concentrée sur ses jolies jambes, dont les pieds étaient dans des chaussures aux talons. Mais mes yeux revenaient toujours sur cette grande tache rouge, son manteau. Je l'ai même poursuivi cette Madame, tant j'étais curieuse. Sur mon grand étonnement elle est entrée dans une église.

Elle s'est arrêtée à l'arrière entre les bancs à droite et à gauche. Devant l'autel une cérémonie de mariage commençait. La fiancée et le financé se tenaient à la main, face à eux le prêtre. Le fiancé a dû sentir le regard dans son dos, car il s'est retourné et voyait la femme en manteau rouge, son amante depuis longtemps. Il était vexé, mais en même temps irrésistiblement attiré. Il chuchotait quelque chose à l'oreille de sa femme et aussi à l'oreille du prêtre. Puis il avançait vers la femme « rouge » et disparaissait avec elle dans l'ombre. Pour être précis, dans les toilettes, d'où on entendait bientôt des cris de joies mais aussi des cris de douleurs. Les croyants et la fiancé et le prêtre faisaient semblant de ne rien entendre. Souriant il sortait de l'ombre le premier et allait d'un pas rapide vers l'autel où attendait patiemment sa future femme. Comme si de rien n'était la cérémonie reprenait mais s'est arrêté brusquement, car l'amante sortait de l'ombre à son tour. Ses vêtements étaient déchirés, le sang coulait sur son corps, dans sa main elle tenait un couteau. Elle criait de toute sa force et courait rapidement vers la fiancée en robe blanche qui allait devenir la femme de son amant. Elle courrait si vite que personne ne pouvait pas l'arrêter et l'empêcher de foncer le couteau dans le corps de la jeune fiancée qui tombait et a été morte sur le coup. Personne n'aurait pensé que le mari aimait tant sa femme, mais il a retiré le couteau du corps mort de sa future femme et l'a plongé dans son propre cœur en criant qu'il détestait la femme en rouge, une sorcière, qui l'aurait ensorcelé. Puis il tombait sur le corps de la morte. L'amante était de son côté horrifié, car elle ne voulait pas que son amant soit mort, sa rage ne s'était portée que sur sa future femme, sa rivale.

Elle s'est effondrée. La police lui a pris son bras pour l'emmener. Doucement l'orge commençait à jouer.

Le banc de parc

Deux jeunes personnes sur le banc à côté du mien, ils demandaient l'heure. C'était étonnant, car presque tous les jeunes possédaient des portables qui leurs indiquaient l'heure. Je disais l'heure et demandait pourquoi ils fumeraient l'herbe alors que ça sentait mauvais. Ils riaient et l'un deux, un noir, répondait que ce serait pour se détourner des choses qui le hantait. Les deux fréquentaient l'école d'un quartier pauvre. Je demandais au noir, quelle était la chose qui le préoccupait tant, et pourquoi devrait-il fumer l'herbe pour ne plus y penser ? Il répondait qu'il avait fait quelque chose de grave. S'il avait tué quelqu'un ? Non. Même si je ne peux pas t'aider, ai-je dit, parler soulage, libère. Il aurait commis un braquage dans un kiosk avec une arme, il aurait même tiré un coup de feu avec son arme, mais il n'y avait pas de blessé. Sous le choc, il aurait pris la fuite. La police l'avait trouvé, le policier était sympa, mais le procès n'aurait pas encore commencé et cela l'éreinterait, rongerait l'esprit et son âme. Si je voulais venir à son procès ? Il me téléphonerait, si je lui donnais mon numéro, quand le procès commencerait. Je disais que ce n'était pas pour demain, que c'était encore loin. Il était certainement déçu de ma réponse, car ses yeux étaient lumineux quand il m'avait demandé et cette lumière d'espoir s'était éteinte après ma réponse.

Il avait espéré de trouver 2.000 € dans la caisse du kiosk, l'argent qu'il voulait investir chez un homme criminel qui trouvait cette manière de se procurer de l'argent très normale. Il ne pense pas que ce criminel l'ait incité à commettre le cambriolage, car pour commettre un tel crime, il faudrait de la propre volonté, la raison pour laquelle il n'a pas parlé de cet homme criminel à la police. Avec ce criminel, chez qui il voulait investir l'argent, il avait un deal avec le monde souterrain, dont il ne voulait pas parler, pas maintenant. Sa mère avec qui il vit seul s'était écroulée quand elle avait appris ce qu'il avait fait, son père, il le voyait rarement.

Je lui ai parlé du yoga dans un centre de sport pas cher et pas loin de chez lui, il est intéressé et aimerait faire une heure d'essai, on verra. Il demandait encore l'heure parce que les deux voulaient rencontrer quelqu'un qui serait intéressé à écouter sa musique de rapp dans son studio, en cas qu'il serait plus que content, il lui offrirait un contrat. Son ami, le deuxième garçon, qui s'était tu jusque-là disait, qu'on ne peut pas aider son ami actuellement. Alors je lui ai conseillé qu'il devrait faire des efforts pour réussir à l'école, à faire son bac et par cette voie, il pourrait peut-être réparer la relation avec sa mère. Il disait qu'il serait déjà sur ce chemin-là. Quand-ils étaient partis, je sentais tristesse et émoi.

Une autre fois sur le même banc du parc. À côté des jeunes fumeurs. En souriant je disais : « Fumer est mortel. » Ils riaient et ripostaient « : Mais ça aide ! » « Comment ça ! » « Ça aide contre la tristesse ! ». Celui qui a dit cela, explique que ses parents se sont séparés et se disputent. Ils sont en Iran, tandis que lui habite avec d'autres réfugiés dans une petite communauté, parmi eux deux filles, qui sont hostiles à son égard. L'autre réfugié à son côté avait déjà 18 ans et n'était plus accepté dans une communauté des jeunes, il devait donc vivre dans un camp, mais il cherche un appartement. Le troisième sur le banc habite chez sa famille et parle également des querelles familiales. Je disais qu'il y a toujours des disputes soit-il entre allemands, soit-il entre allemands et des gens d'un autre pays. L'iranien commentait d'un air triste : » C'est la vie ! » Je lui ai proposé de faire un gâteau pour les deux filles, il y aurait un mélange à cuire au supermarché, peut-être que cela pourrait plaire aux filles et elles changeraient leur avis sur lui. » Bonne idée ! »

La fois suivante quand j'allais après mon cours de yoga chercher « mon » banc, il se trouvait qu'il y avait deux jeunes femmes sur le banc à côté qui semblaient être déprimées mais ne fumaient pas. L'une d'elle avait un bras en bandage. Peut-être un accident et l'autre essayait de la consoler. Mais c'était tout à fait autrement que je ne croyais. L'une avait le mal de cœur, le mal d'amour, parce que l'autre s'était séparée d'elle et celle-ci la consolait. C'était dur pour la jeune femme abandonnée. Je disais pour lui ouvrir une perspective en quelque sorte : « Quand une porte se ferme, une autre s'ouvre ! » « Merci », répondait-elle. Pour donner quelque chose de ma vie amoureuse en retour, je leurs ai confié, que moi aussi aurait le problème de lâcher quelqu'un. Maintenant c'était le tour de l'abandonnée de consoler, elle disait : « Si le cœur est impliqué, on y pense pour toujours. »

La prochaine fois tous les trois bancs étaient prise. J'ai alors demandé à la jeune femme à l'air sympathique avec des piercings dans ses oreilles, dans son nez et dans sa bouche si je pouvais m'assoir sur son banc. Elle était d'accord et s'est mise bientôt à parler de son lot. Je pense je vais baptiser ces trois bancs, les bancs où coulent les pleurs, où s'assoient les malheureux. La fille d'environ 20 ans, aux bras des tatouages, disait qu'elle avait appris le métier de la pâtissière. Puisqu'elle n'était pas bien dans l'écrit, elle avait (« verkackt ») raté l'examen écrit même deux fois, mais puisqu'elle était la meilleure en pratique et en oral, elle avait reçu son diplôme. Malheureusement elle était exploitée sur sa première place d'apprentissage, elle a été sous-payée, elle a été contrainte incessamment à faire des heures supplémentaires, mais ce qui a été le plus grave, c'était que le maitre refusait de lui apprendre quelque chose de son métier. Il faisait des gâteaux à la crème avec sa femme derrière une porte fermée. C'était très agaçant. Sur sa deuxième place d'apprentissage c'était mieux sauf que dans les trois derniers mois on ne lui apprenait plus quelque chose dû à un manque de personnel. Actuellement, elle travaille dans le service d'une pâtisserie et une fois par semaine on lui permet de travailler en tant que pâtissière dans le laboratoire de la pâtisserie.

Elle s'intéresse aussi à beaucoup d'autre choses, même à une vie sans travaille. Mais ce ne sont que des idées débiles, dit-elle.

Elle a été élevée par des parents difficiles comme aussi son petit-ami dont elle a fait connaissance il y a un mois. Il était déjà un sans-abri depuis quatre ans.

Elle lui a proposé d'emménager chez elle après lui avoir jeté dans son gobelet de mendiant des framboises, qu'elle venait juste d'acheter. Il était assis avec deux autres sur un toit protégeant des vélos. Chacun avait lancé une canne de pèche, à la quelle pendait un gobelet de mendiant. Elle n'avait jeté les framboises que dans son gobelet, car elle trouvait ce garçon mignon. Les autres comprenaient et s'en allaient. Mais avant ils lui ont demandé si elle ne voulait pas « chillen » se laisser aller, se détendre, chiller avec eux. Elle voulait bien et a monté sur le toit. La nuit tombait déjà, quand elle était toujours sur le toit, resté seule avec celui, auquel elle avait donné des framboises. Quand la nuit les a enveloppés, elle l'avait emmené chez elle. C'est comme cela que leur amour avait commencé, depuis ils ne se sont plus séparés. Son petit-ami serait depuis l'âge de 15 ans sur la rue, car sa mère l'abusait sexuellement et aussi moralement.

« Vous voyez », disait-elle et pointait du doigt à une silhouette qui s'approchait. « C'est lui », disait-elle, « il faut que je m'en aille, j'ai rendez-vous avec lui.

Je serais ravie de vous revoir ! » « Moi aussi », disais-je en regardant cette jeune femme sympa s'éloigner. Puis un long soupir s'échappait de moi.

Sur mon chemin de retour, je me suis dit que pas seulement sur les bancs le destin, le lot des gens parlent, aussi sur des plaques de commérassions. Je m'étais arrêtée devant des plaques fixées sur le mur qui enfermait l'ancienne prison. Parmi des plaques commémoratives, deux étaient dédiées à deux Françaises, à Bloch-Serazin et Suzanne Masson, décapitées à la hache en 1943 à cause de leurs activités dans la résistance contre l'occupation par les nazis. Je regardais les deux portraits en noir et blanc de ces deux femmes. Des visages qui pourraient être des visages de femmes d'aujourd'hui.

Mme Achtenbring

Est-ce que c'était elle ? Je la connaissais pourtant. Mais est-ce que c'était vraiment elle ? En passant devant elle j'en avais l'impression. Elle était assise dans le café sur un banc long, son dos courbé, penché en avant. Je voyais les épaules et les bras pendants, couverts d'un manteau clair. Avait-elle toujours eu des épaules basses, tombantes ? Jusqu'à maintenant je ne l'avais pas remarqué. Les cheveux lisses et longs n'avaient pas changé, mais ont-elles toujours été si grasse ? Son apparence ne semblait pas soignée, quand je passais devant la vitre du café. Je ne la connaissais pas ainsi. Peut-être que ce n'était pas elle ? J'aimerais encore une fois passer devant la vitre pour m'assurer que ce n'était pas elle, car elle ne s'est jamais laisser aller. Pourquoi d'un coup ? Elle avait toujours fait attention d'elle, de son extérieur, de ses habits, de son corps. Les boutons de son manteau étaient toujours fermés, il n'en manquait jamais un, je l'aurais remarqué quand nous étions face à face dans la rue échangeant des nouvelles. Elle portait toujours son sac à main avec elle, le matériau était du cuir ou du plastique, je ne le sais pas dire, mais ce sac à main avait une fermeture éclair argentée et était toujours fermée pourque personne ne puisse pas regarder dedans ou voler quelque chose de précieux. Elle ne portait jamais des sacs surchargés, parce que dans ce cas elle n'aurait pas pu les fermer. Son visage avait toujours eu une expression paisible, c'était ce que je cherchais en rentrant dans le café.

Sa posture n'avait pas changé. Je me suis assise à la table à côté de la sienne sur le même banc long. Elle ne bougeait pas, regardait la surface polie de la table, sur laquelle était posé son verre de thé. Elle n'avait pas encore bu, puisque le verre était encore plein. Son regard était baissé. Il n'y avait pas de journal sur la table. Est-ce qu'elle regardait dans son verre de thé ne pouvant pas se décider de boire ce liquide transparent ?

Je n'étais pas sûre de vouloir l'aborder, lui dire bonjour, comme je le faisais dans la rue. Malgré de nombreuses caractéristiques qui indiquaient que c'était elle, la voisine, il y avait tout autant qui indiquait le contraire. Son apparence était négligée. Cela n'aurait pas dû se produire. Il n'y a pas de raison de ne plus se peigner les cheveux, qui sont la carte de visite d'une femme soignée. Mais la femme à côté de moi, non seulement elle ne s'était pas peignée, mais aussi, ses cheveux avaient l'air de ne pas être lavés. C'était déplaisant. Elle portait son manteau ouvert, cela n'aurait jamais été le cas avec la voisine. Tous les boutons étaient ouverts. Maintenant où j'étais tout près d'elle je voyais aussi les taches, l'une, une grande, se trouvait sur le front de son manteau, peut-être causée par le café ou le thé. Dans la rue son manteau a toujours été impeccable. Est-ce que sa main n'était plus sûre, mais tremblante et que c'était pour cela qu'elle ne buvait pas pour ne pas faire d'autres taches ? Des taches se voyaient aussi sur son pantalon, qui n'avait plus de pli de repassage. Ne repassait-elle plus ses vêtements ? Quand avait-elle lavé son pantalon la dernière fois ? Pourquoi cela me regarderait ? Mais pourquoi ne bougeait-elle pas, même pas un tout petit peu ? Elle n'était pas une statue ! Qu'est-ce qu'il y avait avec ses chaussures ? elle avait évidemment oublié de lacer ses chaussures à lacets ou est-ce cela lui est devenue égal.

Je bruissais mon journal, m'affairait dans mon sac à main pour attirer son attention, son regard dans ma direction. Elle restait immobile comme si elle était de pierre. Alors je prenais tout mon courage et l'appelais avec son nom : « Mme Achtenbring ?! » En effet, maintenant elle bougeait lentement, très lentement elle révélait sa tête, me regardait. Mon Dieu, c'était effectivement la voisine Mme Achtenbring. Ses yeux grands ouverts me scrutaient. Elle me regardait avec stupéfaction et désespoir en même temps comme si elle voulait dire : « Il n'y a plus de retour ! ». En vrai, je ne pouvais pas savoir ce qu'elle pensait, alors je lui ai demandé : « Comment-allez-vous ? » Ma question ne l'impressionnait pas, elle restait muette mais me regardait, m'observait en permanence. Est-ce qu'elle me reconnaissait ? Elle avait réagi à l'appel de son nom, si c'était son nom à elle. Je sentais une incertitude, car aurait-il pu se glisser un tel changement en elle, lequel l'avait déposé dans un autre monde ? Elle ne me regardait plus, maintenant elle regardait à travers moi, il semblait que son regard venait d'ailleurs et partait vers le vide. Subitement, j'ai remarqué quelque chose de moqueur sur son visage. Où mes perceptions me porteraient-elles, si je ne peux pas communiquer avec celle que je suppose être ma voisine Mme Achtenbring ? Elles resteraient des imaginations si elle ne les corrigeait pas. Je ne sais pas pourquoi mais entretemps je m'étais levé. Elle m'a surpris en disant : « Pourquoi ne vous asseyez-vous pas ? » Elle avait raison, pourquoi je m'étais levé, car je n'avais pas l'intention de m'en aller. Je me suis donc assise à nouveau, maintenant nos yeux étaient sur le même niveau, mais nous ne disions rien, nos bouches restaient fermées. Elle me regardait incessamment. Voulait-elle dire quelque chose ? Était son regard plein d'attente ? Je lui alors demandé : « Vous venez souvent ici ? » Elle n'a pas répondu, mais j'avais l'impression qu'un petit sourire passait sur son visage. Le sourire revenait, mais est resté gelé. La vie était pleine de secrets, le sien demeurait mystérieux.

Elle s'est levée en fixant mes yeux pour ensuite regarder dans le miroir au mur. Elle semblait horrifiée, ses yeux s'ouvraient grandement, le sourire doux avait disparu, certainement elle avait découvert quelque chose de très brutal dans son portrait lequel reflétait le miroir. Je me suis levée à mon tour pour lui adresser la parole, mais juste à ce moment-là l'accident s'est produit : Elle tombait par terre, ne disait plus rien, ne criait pas, elle avait perdu conscience. Les urgences arrivaient peu après. Je leur ai demandé l'adresse de l'hôpital où elle serait transportée. Le jour après j'allais à l'hôpital indiqué. « Sortie ? Elle avait perdu conscience ! » « Oui », disait la femme à la réception. « Cela arrive chez les vieilles personnes, elles tombent et perdent la conscience, mais souvent ce n'est rien de grave comme chez cette dame. » « Tant mieux », disais-je et m'en allais.

Dans la zone des piétons au centre-ville je trainais comme une somnambule. Les gens autour de moi venaient et partaient de tous les directions. Peut-être Mme Achtenbring se trouvait dans cette foule comme moi.

La buveuse de vin blanc

Une femme âgée de 70 ans peut-être, ronde, petite avec des cheveux gras, long et gris prend sa place en diagonal de la mienne de l'autre côté de la pièce. La serveuse portugaise lui pose un verre de vin blanc sur sa table devant elle. Les coudes de la femme évidemment un hôte connu dans ce café portugais sont appuyés sur la table comme s'ils portaient le poids de son corps lourd. Elle regarde avec des yeux vides et engourdis, dans lesquelles toute la lumière semble éteinte, dehors ou vers les deux femmes assises à côté de moi, ou encore vers la porte d'entrée d'où viennent les gens entrer dans ce café. Je ne sais pas si elle pense à quelque chose. Sa bouche est mince, sa peau pâle. Sa main tient le verre de vin pour ensuite le porter à sa bouche. À côté de sa table est déposé son sac roulant d'un rouge couvert. Le café se situe dans le quartier près de la gare, la rue où se trouve ce café portugais s'appelle Lange Reihe.

J'avais vécu dans l'environnement, à l'époque il n'y avait pas encore ce café, et on ne fréquentait pas les cafés aussi souvent que ces jours-ci. Peut-être la vieille, qui y est hôte de tous les jours, habite dans cette rue ou à proximité. Elle est en quelque sorte mon reflet, son âge et les cheveux gris, mais les miens sont mélangés à du blanc. Elle me rappelle l'écrivaine allemande Irmgard Keun, qui a écrit le roman connu « Das kunstseidene Mädchen » (« La fille en soie artificielle »). Quand cette écrivaine avait atteint l'âge d'une vieille, elle a commencé à trainer dans des bars (« Kneipen ») de Cologne en buvant de l'alcool si je l'ai bien retenue des journaux ou des émissions de radio. C'est sans doute la solitude des femmes âgées et des hommes âgés, l'âge où ils ont perdu leur partenaire et que leurs enfants sont occupés de leurs propres familles. Ils sont dans la bredouille, quoi faire de la vie ? On ne veut pas être une charge pour les autres. Boire un verre de vin est donc un plaisir dans les circonstances désagréables.

La femme sur le banc en face de moi a vécu sa vie, qui pourrait dire que sa vie était meilleure ou pire qu'une autre. Si on lui adressait la parole, elle aurait sans doute quelque chose à raconter, certainement elle sourirait et une lumière se ferait voir dans ses yeux. Pour l'aborder je devrais traverser la pièce, je pourrais le faire mais je crains son odeur, les effluves qui sortent d'elle, car en rentrant dans ce café, quand elle passait devant moi en allant à sa place habituelle, j'ai senti une mauvaise odeur. Cela provoquait chez moi un léger dégout. À cause de sa corpulence énorme, son pas était lent et juste devant moi, elle s'est arrêtée pour chercher son souffle. J'imagine qu'elle ressent son corps trop lourd à chaque pas. Quant à sa mauvaise odeur, on ne peut pas la lui reprocher, car à cet âge c'est difficile de se laver partout, dans les rides qui sont innombrables et partout. Pour un court moment elle a posé sa tête dans ses mains, les bras en appui sur les coudes posés sur la table. Peut-être est-ce l'effet du vin qui la fatigue. Je suis assise à la porte, et quand elle regarde dans la direction de la porte, il se peut, qu'elle m'observe. Pourquoi pas, c'est ainsi la vie quand on n'a pas d'autres projets, et c'est une manière d'être avec les gens, de ne pas être seule. La solitude et le vide sont sans doute ses compagnons désagréables, si non, pourquoi boirait-elle du vin déjà dans la matinée.

La femme adopte une attitude de penseuse, ses lèvres légèrement serrées l'une contre l'autre. Elle réfléchit probablement sur elle-même, sur ses problèmes, sur les autres gens, sur la vie en général, que tout se dégrade, que tout va de mal en pis, que les beaux jours sont passés, s'il y en a eu. Son expression est triste et son teint de peau est devenu encore plus pâle, pâle comme la mort.

La friperie

Je fouillais dans le magasin deuxième main, la friperie, jusqu'à j'avais trouvé quelque chose qui rencontrait à peu près mon goût. Avec des mains vides je ne voulais pas quitter le magasin. Je devrais absolument trouver quelque chose, même si ce n'était pas cent pour cent acceptable. Et ce n'était jamais cent pour cent, la raison pour laquelle je devrais toujours retourner, aussi pour ne pas décevoir la vendeuse, la propriétaire du magasin, qui était dépendante de ses clientes, tout comme nous les clientes, qui se nourrissaient avec des vêtements usés, étaient dépendantes d'elle. C'est ainsi que je voyais les choses. J'achetais parfois un pull ou une robe, un pantalon ou une jupe, même si cela ne me rendait pas heureuse, mais je ne voulais pas sentir l'échec, que je n'avais rien trouvé, sentir le vide en moi. Je me suis surprise à accuser la vendeuse, la propriétaire de n'avoir pas pris soin, de penser à moi, à mon goût et à mon besoin, en achetant des vêtements usés qu'elle nous vendait.

Avant d'entrer dans le magasin, je fouillais déjà le porte-habits devant le magasin. Il fallait que je trouve quelque chose, c'était nécessaire, impératif. Ce sentiment venait aussi de ma conviction que je n'aurais rien, que je serais en manque de tout. Comme s'il y avait un trou sans fond en moi, qui n'était pas à boucher, car ce trou était sans fond et donc tous les vêtements et autres choses que j'achetais dans ce magasin ou au marché aux puces disparaissaient dans ce trou infiniment profond.

La propriétaire, qui était aussi la vendeuse, était une grande jeune femme mince avec des cheveux blonds et longs. Elle ressemblait à Gudrun Enzlin, un membre du groupe terroriste RAF, elle a été arrêtée dans un magasin de vêtements de lux dans un quartier riche où je n'ai jamais mis mes pieds.

Dans la chambre derrière, j'essayais des vêtements jusqu'à ce que j'aie trouvé quelque chose, soit-elle la plus petite chose. Quitter le magasin sans avoir trouvé et acheté un vêtement, c'était impossible, j'aurais senti une culpabilité.

Le magasin était toujours plein de vêtements, même beaucoup plus trop suspendaient sur des cintres et dans les étagères il y avait trop de pulls, de tee-shirts, par terre trop de chaussures. Déjà à cause de cela, c'était fatigant, épuisant de trouver quelque chose.

Les vêtements pour enfants étaient stockés dans la cave, il fallait descendre l'escalier de cent marches pour entrer dans cet enclos sans fenêtre. La pièce débordante de vêtements pour les petits était un peu humide et à cause des visiteuses peu nombreuses, tranquille parce qu'on ne se parlait pas. Il y régnait une atmosphère oppressante. Sans se parler les mères cherchaient parmi le linge usé pour enfants le linge qu'elles trouvaient encore assez bien pour leurs petits. Ils ne le porteraient pas longtemps, car ils grandiraient vite et bientôt les vêtements seraient trop petits et il faudrait des plus grands.

Je n'étais séduit que quelques fois de descendre dans cet « enfer », puisque j'y étais envahi des imaginations ou hallucinations. Je me suis imaginée que c'était le linge des enfants tués dans la seconde guerre mondiale, des petits juifs, des petites juives, qui ont été jeté sur des camions tandis qu'à la maison les mêmes hommes caressaient leurs propres enfants soi-disant du sang arien. Mais je pense que ce n'étaient que des gestes tendres pour l'album de photo et après c'étaient leurs femmes qui devraient s'occuper de les élever.

Dans la pièce au rez-de-chaussée avec les vêtements d'été et d'hiver pour les adultes, les femmes s'entretenaient parfois, ce n'étaient pas de longues conversations, mais des petites remarques sur leurs trouvailles, on demandait l'avis de l'autre, si, par exemple, la couleur était bonne, si elle allait avec le teint de la peau, si la coupe n'était pas trop vieille, s'il n'était pas démodé.

Dans cette chambre l'oppression, l'angoisse ne se ressentait pas aussi forte qu'en bas dans la cave, parce qu'on n'était pas confronté aux vêtements vidés de corps des petits enfants qui ont été tués.

D'ici on ne voyait qu'un bout de l'escalier qui menait en bas et moi, j'évitais voir ce bout. L'horreur était en moi. Je ne savais pas si cette horreur était aussi ressenti par les autres femmes.

Nous apportions nos vêtements, lesquelles nous ne portions plus, au magasin, achetés ici ou au marché aux puces. Nous espérions que la propriétaire, qui vérifiait ce que nous lui donnions, accepterait chaque pièce, ne refuserait rien de nous, car nous avions besoin de cette monnaie que nous recevrions. Certaines se plaignaient ouvertement en disant que la pièce refusée avait été lavée, ne manquait pas de boutons et n'était pas démodée non plus. Mais la propriétaire était fière et disait que c'était à elle de choisir, car elle connaitrait sa clientèle fidèle et saurait à peu près ce que lui plaît.

Il y avait des femmes qui croyaient qu'elle refusait par mépris, ce qu'elles ont apporté, et en sentaient la preuve qu'elles n'étaient pas aimées par elle et que cela serait la raison véritable de son refus.

Dans la rue je retrouvais le présent, la réalité. J'avais échappé à l'enfer, à l'enfermement, à l'enclos, à la dépendance totale, à la culpabilité de n'avoir rien acheté, comme si c'était un rejet de la propriétaire de mon côté.

J'étais soulagée de me retrouver dans la rue, parce que dans mon imaginaire accablant on avait touché aux vêtements des morts, encore plus quand nous les essayions et sentaient nos corps vivants dans des robes de femmes mortes à la guerre, qui étaient peut-être des déportées, ces vêtements représentaient la tuerie. Je vivais dans deux mondes, dans la réalité du présent et dans la réalité de l'époque de la deuxième guerre mondiale, qui a été l'époque de mes parents, élevés dans l'esprit du fascisme. Mon père en tant que jeune homme participait à la guerre. Mais déjà les grands-parents ont vécu une guerre, la première guerre mondiale. J'avais l'impression que toute la douleur, la menace de mort, la tuerie, la dictature étaient toujours en moi et rendaient ma vie douloureuse et parfois horrible. Je ne pouvais pas y échapper, j'étais la prisonnière de l'Histoire. Personne ne connaissait le gouffre en moi et ne me comprendrait pas s'ils savaient ce qui me tourmente, ce qui me fait souffrir. J'étais toujours accompagné de la peur, que, par exemple, les portes de métro s'ouvraient et les nazis prendraient au hasard des gens pour les arrêter, pour les torturer et les tuer. Dehors je sentais souvent la même peur, qu'ils feraient des rafles, des contrôles et arrêteraient les gens au hasard, ceux, qui ne leur plaisaient pas. Bien sûr la tenue vestimentaire avait changé, mais en dessous il y avait l'ancienne. La peur était toujours présente de la manière sous-jacente.

Nos habitudes d'essayer et de porter les vêtements des victimes du régime nazie me rappelait aussi les Aryens qui prenaient possession des appartements des juifs, qu'ils ont contraint de quitter leur domicile. Les nazies enfonçaient leurs portes dans la nuit et poussaient les juifs dehors. Comme si c'était le plus naturel, les citoyens déclarés Aryens ont pris possession des biens des juifs, de leurs appartements, de leurs meubles, de leurs œuvres d'art, de leurs bijoux, de leurs argents. Menace, poursuite, torture et mort, cela était aussi le destin des homosexuels, des gens de la résistance, des gens opposés au régime nazi. D'après moi l'Histoire pourrait se répéter à tout moment.

Un jour le magasin de deuxième main était fermé et cela pendant plusieurs semaines, la fermeture était pénible à supporter. J'en souffrais comme une personne dépendante, je ressentais la fermeture comme un acte de cœur dur par lequel elle nous retirait son amour, dont nous étions en manque permanent. Un jour, il était affiché sur la porte son portrait, en dessous une croix. Elle était morte. C'était un coup dur pour elle et pour nous. La photo demeurait longtemps à la porte, même quand le magasin avait rouvert ses portes, car sa sœur était maintenant la propriétaire, mais nous n'aimions pas la sœur, bien que ses cheveux soit longs et lisses également, mais noir comme le chien grand, qui était toujours avec elle et m'effrayait. Je perdais le goût d'y aller comme d'autres aussi. La photo de la propriétaire pâlissait, s'estompait de plus en plus.
Maintenant on pourrait peut-être se débarrasser pour de bon du sentiment d'humiliation, que nous étions en

nécessité permanente de trouver le vêtement, le manteau, la robe, le pull, la pièce idéale et renouer par cette voie notre relation dépendante, prouver que nous étions encore dépendantes d'elle, dans le besoin. Est-ce que les vêtements de la sœur mortes étaient à vendre au magasin, suspendus sur les tringles à vêtements ? Je ne le sais pas parce que je n'y entrais plus au magasin.

En dessous de la photo collée sur du carton blanc était imprimé la croix et en dessous de la croix était écrit : « Mourir c'est le début d'une nouvelle vie ! »

La femme de carton

La femme avec milles têtes, boutons d'ordinateur, sans chaussures, sans chair, était la femme qui avait tout déposé dans des cartons. Seulement ici et là trainait quelque chose. On pensait d'elle qu'elle était une minimaliste, quelqu'une qui n'aurait besoin de rien, qui avait du mépris pour les choses. Elle ne pensait qu'à sa carrière, à son ascension, dans cet esprit elle suivait ses pas, négligeait d'autres choses de la vie. Puis on a découvert les cartons dans lesquels se cachaient sa vie, des choses que les autres laissaient trainer ou mettaient dans des armoires ou sur les étagères. Les cartons étaient sans couleur, donc presque invisibles et non découverts. Les choses qu'elle n'avait pas mis dans les cartons étaient couvertes par des tissus.

Quand tout cela a été découvert, on s'est rendu compte que tout était là en abondance. L'invisibilité des choses était menaçante, quand, normalement, on a l'habitude de les voir, les choses, et donc avoir le contrôle sur elles. L'invisibilité contribuait à l'incertitude, car elle ne se souvenait plus de toutes les choses qu'elle avait cachées dans des cartons, qui se ressemblaient et n'avaient pas d'inscription. Elle s'est souvenue que le frigo était plein. Ce qui se trouvait au fond du réfrigérateur elle ne s'en souvenait pas. Elle pensait aux cartons pleins, qu'ils étaient si pleins, qu'elle ne savait plus ce qui était dedans. Cela la rendait folle, qu'elle avait perdu le contrôle. Dans son désespoir elle a laissé tomber le carton dans ses mains. Les choses par terre semblaient se mêler, se fondre, se dissoudre, elles n'étaient qu'un amasse de couleurs. Dans une rage folle elle vidait tous les cartons et n'en revenait plus, car elle ne distinguait plus rien. Les formes originales des choses étaient déformées par l'union des choses dans ce pêle-mêle. Elle pleurait de tant de désordre par terre et en elle. À quoi s'en tenir ? Elle commençait à rassembler les choses, qui lui étaient devenues étrangères. Elle les a remis dans les cartons et les a poussés à l'endroit où ils avaient été cachés.

Puis elle s'est mise à la table de sa cuisine en pensant à son frigo plein, les aliments entremêlés lui donnait un dégout. Elle ne voulait pas savoir ce qui était tout au fond, elle ne voulait plus jamais le savoir.

Depuis sa place dans la cuisine, elle regardait par la fenêtre qui était grande ouverte et n'offrait pas de vue. C'était un trou vide, un rectangle sans vue, en face un mur blanc qui se confondait avec l'air transparent. Elle s'est levée, allait vers la fenêtre. La sensation de tomber par la fenêtre s'unissait avec le tourbillon d'images qui lui montrait en toute vitesse les tourments de sa vie mais aussi les bons moments de son vécu. Avec le choc sur le pavé sa vie s'est arrêtée et a disparu dans le noir ou comme le diraient d'autres : dans la lumière. Personne ne le sait pas.

Mme Gries et Adèle

« Qu'est-ce que je dois faire ?! Je ne le sais pas. Je me sens si seule. Est-ce que je devrais aller à la police ? » Elle regarde ses chaussures de maison, tandis qu'elle tient la porte d'entrée de l'immeuble entrebâillée. Elle est toujours une belle femme bien que vieille maintenant et des cheveux négligés, délaissés, peut-être parce qu'ils sont longs. Si l'on saute un shampooing, ils ont vite l'air de ne pas être soignés. Elle me tient une carte postale. On ne s'est jamais vu. Mais ce matin je faisais un détour, parce que le magasin des vêtements de deuxième main n'était pas encore ouvert, donc je trainais dans les rues d'alentours et par hasard je tombe sur cette vieille dame qui me tient une carte sur laquelle je voie des livres de téléphones, les annuaires. « Qu'est-ce que je dois en faire ? » me demande-t-elle. Elle a attendu n'importe quelle personne pour lui poser cette question. Je me suis arrêtée avec hésitation. « Est-ce que je dois y aller ? » demandait-t-elle. J'ai répondu « Oui, les nouveaux annuaires téléphoniques peuvent être retirés à la poste. » Elle : « Est-ce de la publicité ? Je dois y aller ? » Je secoue la tête et j'ai dit : « Non. » Car je me suis dit, à quoi lui sert des nouveaux annuaires ?

« Démente ! Elle est démente ! » C'est le commentaire d'Adèle à laquelle j'en ai parlé de Mme Gries dans le nouveau café Leonar, un café juif. Adèle a 80 ans et une apparence polie comme presque toujours. Elle s'occupe beaucoup de son extérieur et met des accessoires qui lui vont très bien, surtout des ceintures extravagantes.

Autour de ses lèvres rouges elle a tiré un trait épais noir, Dans son oreille gauche elle porte une boucle d'oreille d'un rouge clair, qu'elle a fabriqué certainement elle-même, car une fois par an elle s'en va à Paris pour y acheter des perles précieuses pour en faire des bracelets, des colliers et des boucles d'oreilles. Le peu de cheveux qui restent, elle les a teints en noir, elle porte un pull noir et une jupe rouge qui est en bas coupée en diagonal. Elle est venue en manteau gris, dans sa taille une ceinture à la couleur rouge de sa jupe en étoffe du feutre et à la couleur rouge de ses lèvres. La ceinture est énormément grande, elle mesure au moins 10 centimètres de large et donc se voit du loin. « Je m'imaginais le café autrement », dit Adèle dont le père était juif. « Plus individuel ». Elle est déçue, qu'il est si opportun, en l'air du temps et qu'il ressemble aux autres cafés. Cela n'a pas vraiment de rapport avec l'équipement du café. Elle dit qu'elle n'aime pas le « Poli sémitisme ». Je lui demande ce que c'est ? « Quand tout le monde de ces jours-ci a soudainement un grand-père juif », répond-elle. Puis elle me montre beaucoup de photos de ses peintures de ce dernier temps. Elle a peint ces tableaux après la rupture avec son partenaire de 20 ans plus jeune. Quand ils se sont connus elle avait 70 et lui 50. Je me souviens de son bonheur. Elle était si heureuse qu'a son âge cet amour lui arrivait. Leur histoire d'amour a duré 6 ans et puis elle a découvert qu'il a eu d'autres femmes à côté d'elle et cela depuis le début. « Mais », disait-elle, « je ne l'ai jamais voulu posséder, ce que je voulais c'était de l'érotique et amour ». Ça a été pareil avec d'autres hommes, tout de même la séparation était dure. Mais elle serait toujours arrivée à lâcher prise.

La vieille femme qui tenait la porte de l'immeuble entrouverte disait qu'elle s'appelle « Gries » et qu'elle habite au deuxième étage, car j'avais regardé les noms sur les plaques de sonnette. « Où habitez-vous ? » demande-t-elle. Je pointe dans une direction quelconque. « Dans la rue Vogt ? » Je hoche la tête bien que ce ne soit pas vrai. « Ah bon, » reprend-elle, « vous habitez dans la rue Vogt ! » Je hoche la tête à nouveau. « Je suis si seule ! » dit Mme Gries désespérée, « Qu'est-ce que je dois faire ? » Je ne le sais pas.
Je parle de Mme Gries à Adèle qui me conseille de ne pas lui rendre visite. Car d'après elle cette dame est démente et les gens déments s'accrocheraient à jamais plus lâcher. Surtout pas donner son adresse, peut-être lui rendre visite toutes les trois semaines, et cela si j'étais sure qu'elle ne s'accrocherait pas, mais

d'après son expérience les personnes démentes s'accrochent.

« Vous venez me rendre visite ?! », me demande la petite vieille. Je hoche la tête en signe d'approbation. Elle me regarde intensément. La vieille sympa répète en me regardant avec ses grands yeux noirs et doux « Je suis si seule ! qu'est-ce que je dois faire ?! » Sans doute elle a été une belle femme fière, je la trouve encore belle avec ses taches de vieillesse. Je ne la trouve pas moins belle qu'Adèle dont le visage est maquillé et qui met l'accent sur l'éros dans ses habits.

« Ma sœur », dit Adèle, « était très intelligent, elle ne ramenait que des bonnes notes à la maison. Mais elle a interrompu ses études à cause de ses enfants tandis que moi, qui n'était pas bon à l'école, ai réussi de faire quelque chose de ma vie. Ma sœur est maintenant une vieille femme, fanée, tandis que moi, je suis restée l'oiseau particulier, spécial que j'ai été depuis toujours. Déjà pour mes parents j'étais le colibri, dont ma sœur était jalouse. »

Mme Gries regarde ses pantoufles et demande, si elle devrait retourner dans son appartement au deuxième étage. Ma réponse est « Oui, retournez dans votre appartement. » Elle dit : « J'ai si froid, je retournerai dans l'appartement. » Elle porte un pull noir avec une fourrure de léopard, en dessous un pull en coton fine violet tricoté a la main. « Oui », répondais-je, « allez dans votre appartement. » Elle : « Passez un de ces jours chez moi. Je suis Mme Gries. Deuxième étage. » Puis elle ouvre entièrement la porte entrebâillée qu'elle avait tout le temps tenu avec ses mains pour qu'elle ne se ferme pas. Elle me regarde une dernière fois, je hoche la tête, elle disparait dans l'immeuble – soulagée, me semble-t-il.

Hilka N.

Je demandais au vitrier dans la rue Markt du quartier Karo, qui venait juste d'ouvrir son magasin, s'il se souvenait de Hilka Nordhausen qui tenait à l'époque la librairie « Welt (Monde) » il y a vingt-cinq ans sur l'autre côté de la rue ? « Oui », disait-il, « mais cela ne m'avait pas intéressé ce qui se passait là-bas, Hilka y faisait des actions comme « Sauvez le monde ! » Et une fois par mois elle a mis à disposition aux artistes un mur de la librairie, sur lequel ils pouvaient peindre ou faire d'autres choses artistiques. » À mon grand étonnement le vitrier se moquait de cet engagement d'Hilka pour les artistes parce que moi-même y avais vu des peintures en papier superbe. Je croyais ce quartier alternatif serait un peu comme une grande famille où il régnait du respect pour tous les membres. Le vitrier poursuivait : « Après un mois, la peinture a été recouverte de blanc et un autre artiste a pu y peindre son art. Quand c'était trop épais, un papier sur

l'autre, on devait fraiser le mur pour tout l'enlever. » Le vitrier montrait avec ses doigts l'épaisseur des papiers l'un collé sur l'autre et continuait : » L'ancien partenaire d'Hilka tient aujourd'hui une galerie reputtée dans la rue Admiralität. » Oui », disais-je, « Il y expose actuellement quelques peintures de la succession d'Hilka. ». Le vitrier reprenait d'un ton moqueur : « C'est bien ? » « Oui », ai-je répondu, « surtout ses peintures sur de longs lés de papier peint. L'homme qui était avec moi l'aimait tant qu'il voulait en acheter, mais 3.000 € était trop cher pour lui. »
Dans le magasin du vitrier il y avait aussi des tableaux. « D'une amie », disait-il. Et il y avait aussi des sacs à main, des ceintures et d'autres ustensiles, lesquelles il avait ramené de ses vacances d'un peu partout dans le monde. Puis il m'a demandé pourquoi j'aurais déjà ma pause de travail, à quelle heure je commencerais le matin ? » « À 7.30 » disais-je et sortais de son magasin pour aller à la librairie d'Hilka « Welt » sur l'autre côté de la rue, aujourd'hui il y a un magasin de vêtements qui s'appelle « Optimo ». Le vitrier avait dit, que le magasin d'Hilka a fait

faillite. J'entends encore ses propos : « Elle est déjà morte depuis longtemps. Pourquoi alors vous vous intéressez d'elle ? Elle est oubliée depuis longtemps ! » « Son attitude m'a déçue, car je le croyais enraciné ici et solidaire, mais c'est qu'il n'a que son magasin ici et vend beaucoup de ses ustensiles aux touristes, lui-même habite en dehors d'Hambourg. De temps en temps un film me revient, un court-métrage que j'avais vu dans la librairie d'Hilka, car elle et ses amis y projetaient aussi des courts-métrages. Ce film, que je n'ai jamais oublié, montrait un coureur, mais on ne voyait pas l'itinéraire de son cours, seulement son corps en mouvement, son torse nu et surtout son visage qui s'est rempli au ralenti de la sueur qui sortait de sa peau. J'ai trouvé cela fascinant, la sueur devenait de plus en plus intense, presque menaçante en raison d'un effort trop important et prolongé. Je ne me souviens plus de la fin du film, peut-être que je me suis dissous dans les larmes, telle était émouvant ce que je venais de voir, comme si je respirais simultanément avec lui le coureur et que je transpirais intérieurement.

L'homme aux bras ballants

J'attendais le bus. Mes pensées avaient disparue, je me trouvais dans le néant. D'un coup mes yeux étaient fixé sur l'homme sur l'autre côté de la rue, qui était en train d'attacher son vélo. Je ne voyais pas sa tête, car il se penchait sur l'antivol de sa bicyclette. Tout de même je le reconnaissais à sa posture, à ses cheveux, à la forme de sa tête, mais comme on n'est jamais sûr à cent pour cent, je ne le lâchais pas de mon regard jusqu'au moment où il se dresserait et peut-être se retournerait. Puis ce moment venait et je l'ai reconnu. Mon bus n'arrivait pas encore, alors mes yeux sont restés fixés sur lui, qui s'apprêtait de marcher vers la zone piétonne. Un petit sourire s'est échappé de moi, car personne ne bouge les bras comme lui, il marche comme s'il entendait de la musique et bougeait ses bras dans le rythme de la musique qu'il entendait ou peut-être qu'il écoutait.

Dans le passé j'avais déjà remarqué qu'il changeait souvent son extérieur, le look de ses habits, un nouveau style se manifestait dans ses vêtements, la raison pour laquelle on pensait à chaque fois qu'il serait un autre. Le style changeait de style sportif au style élégant, de style punk au style sans-abri, et ainsi de suite, cela me rendait assez confus. Le changement concernait aussi sa coiffure. Je le reconnaissais seulement par sa marche et son attitude de bouger ses bras.

Aujourd'hui il était habillé en couleur olive et ses cheveux étaient blonds. Encore une fois il déclenchait en moi le sentiment qu'il serait sur ses gardes. Par prudence, il se retournait souvent, comme s'il craignait d'être poursuivi. Il était un homme charmant, mais ne se sentait évidemment pas en sécurité. J'avais toujours eu l'impression qu'il serait incognito en route. Il craignait peut-être un persécuteur, un suiveur, qui pourrait lui taper sur ses épaules à tout moment en lui disant « vous êtes incarcéré » et lui passait des menottes.

Nous avions pris un rendez-vous à l'époque, mais il ne venait pas. J'étais déçue, car il m'avait même offert son service, son aide si jamais je tombais malade, je devrais lui téléphoner, en ce cas et il irait faire des cours pour moi. Après ce rendez-vous, qui n'avait pas eu lieu, passait une longue période où on ne se voyait pas.

À l'époque j'avais l'impression qu'il était un fêtard qui refoulait des soucis. Il ne s'est pas remis en question, semblait content avec sa vie, mais marchait tout le temps près d'un abime.

Je ne sais plus si c'était au cours de cette rencontre accidentelle au café portugais dans la Schulterblatt qu'il m'avait parlé de sa vie. Il s'est marié jeune, lui et sa femme ont acheté une maison avec jardin, mais c'était le souhait de sa femme, qui attachait beaucoup d'importance aux symboles du statut social. Quant à lui, il aurait été heureux dans une cabane au fond des bois, mais il s'est subordonné à cause de son amour pour sa femme. Malheureusement sa femme a eu un cancer ce qui avait rendu difficile la relation. Après sa mort il a vendu la maison. Sa partenaire d'aujourd'hui a 20 ans de moins et n'a pas d'exigences bourgeoises, les signes de richesse ne l'intéresse pas. Elle est étudiante et a sa tête ailleurs, pense à bâtir son futur sans lui, même s'ils sont ensemble depuis 6 ans.

J'ai vu en lui quelqu'un « abandonné » qui ne s'engageait pas beaucoup. Les autres étaient des pions qu'il déplaçait d'ici à là.

Puis il y avait une de nos rencontres fortuites au cours de laquelle on parlait du fait de se tromper sur les gens. Parfois les gens se révèlent très différents de la façon dont nous les percevons. « Une fois », racontait-il, « j'ai rendu visite à une amie, ce que j'avais déjà fait plusieurs fois, qui habite une maison dans la forêt. Elle avait un nouveau voisin, dont elle parlait avec enthousiasme. Le lendemain j'allais avec son chien me promener et j'ai rencontré cet homme, dont elle était si ravie. Comme nous allions dans la même direction, on se parlait pendant un bout de temps. De retour chez mon amie je confirmais et partageais son enthousiasme. Mais peu de temps après on apprenait que ce voisin gentil était censé être un meurtrier. On n'y croyait pas et j'ai même dit que j'en mettrais ma main au feu qu'ils ont arrêté un innocent. Puis dans le sauna j'ai rencontré un ami qui travaillait dans la police criminelle et qui était occupé de cet affaire. Je lui ai dit que lui et ses collègues se tromperaient, jamais cet homme gentil n'aurait tué plusieurs femmes ! Peut-être, disais-je à mon amie, que la jeune femme tuée, que, d'ailleurs, je connaissais, a été chez lui boire un thé et y avait perdu un cheveu ou un fil de son pull, mais jamais ce voisin gentil aurait tué la jeune femme. Mon ami de la police criminelle souriait et répondait : « Laisse tomber. Nous le savons mieux ! C'est lui ! » »

En attendant mon bus tout cela me revient à l'esprit, même la photo de ce tueur de femmes, que j'ai vue dans le journal, un homme souriant aux cheveux blonds. Il avait même ensorcelé la psychologue qui s'occupait de lui. Ils se sont mariés.

Montée dans le bus je me suis demandée qui était l'homme qui s'était assis à côté de moi ?

Il a dit quelque chose de gentil

J'étais assise à côté d'elle, c'est-à dire il y avait une place libre entre nous deux et je trouvais que le noir lui allait très bien.

Elle souriait, mais je me suis demandée si son sourire était vrai, car elle était vêtue de noir. Ses cheveux noirs semblaient teints, elle les avait peignés en arrière et attachés. De ce visage débarrassé des cheveux sur le front, de grands yeux regardaient comme s'ils émergeaient d'un buisson, dans lequel elle vivait cachée. Ses yeux mystérieux sortaient de son visage pointant son interlocuteur qui sentait son regard comme une piqure.

Elle a commandé du champagne et des cacahuètes. Puis elle s'apprêtait à lire. C'était un livre anodin, selon elle, il s'agissait de choses qui concernaient les femmes et les occupaient. Je me demandais ce que cela pouvait être ? Elle avait déjà lu d'autres livres de Kathy Kelly, qui m'étais inconnue, et tous traitaient des sujets de femme. J'ai pris le livre et lu sur la couverture qu'il parle sur quatre femmes, sur le parcours de leur vie. Cela me rappelait un livre de ma jeunesse s'appelant « Trois femmes de Berlin ». Je me souviens qu'une d'elle avait le souhait de devenir photographe. Le livre décrivait des jeunes filles qui cherchait une identité, une profession, leur indépendance.

La jeune femme dans l'avion était très serviable, elle mettait mon manteau ensemble avec le sien dans la boite au-dessus de nos têtes après la demande du personnel de bord. Quand je me suis montrée reconnaissante, elle souriait.

Elle disait qu'elle serait habituée, que les gens tombent amoureux d'elle. Elle-même serait pour la plupart moins amoureuse et aurait donc les choses en mains. Chez son ami actuel se serait autrement pour la première fois, elle serait très amoureuse de lui tandis qu'elle ne savait pas bien, si lui aussi l'aimait, mais il aurait de l'affection pour elle, elle en est sûre.

Il y a quelques temps, lui, qui avait 20 ans de plus qu'elle aurait dit quelque chose de gentil selon elle : « Je ne peux pas me débarrasser de toi de toute façon ». J'ai été en quelque sorte choqué car je ne trouvais pas gentil de dire cela. Leur relation, a-t-elle continué, n'aurait probablement pas de perspective, en tout cas pas de perspective ordinaire. Mais cela ne serait de toute façon pas son genre. Sa sœur se mariera cette année ce qui a provoqué en elle des sentiments nostalgiques. « Ils se verront chaque jour », disait-elle pensivement « ils vivront ensemble ! »

Son petit-ami avec qui elle est ensemble depuis quatre ans, est séparé de sa femme, mais est encore marié et passe tous les jours de fête avec la famille.

« Qu'est-ce que tu feras à Saint Sylvestre ? », me demande-elle. Je ne le savais pas encore, elle non plus. Son petit-ami en tout cas serait avec sa femme et ses enfants adolescents.

Elle s'est levée pour chercher quelque chose dans son sac déposé en haut. Elle devait s'étirer, pour sortir son sac d'en haut et j'ai vu avec effroi comme elle était mince, maigre, l'os de sa hanche sortait, cela m'avait fait peur, parce que je pensais tout de suite à la maladie d'anorexie.

On continuait notre conversation, je parlais aussi un peu de moi, quand elle disait à l'improviste en me vouvoyant cette fois : « Je donnerais de l'argent pour avoir votre taille à votre âge ! » Je souriais en comprenant que c'était extrêmement important pour cette jeune femme d'être très mince, maigre.

À l'approche d'Hambourg nous échangions nos adresses d'email. Elle m'a demandé si je voulais vraiment rentrer chez moi en bus et en métro, car son petit-ami viendrait la chercher en voiture. J'ai refusé en disant que j'aurais de bonnes connexions.

« C'est peut-être mieux », disait-elle « car c'est une Porsche, donc un peu étroit ! »

Du coup je me suis souvenue d'une vieille amie, qui a refusé de monter dans la Porsche de l'homme dont elle venait faire la connaissance. Une Porche n'allait pas politiquement avec son monde à elle.

Saint Sylvestre je lui ai téléphoné, mais elle n'était pas là, je lui ai laissé un message sur son répondeur.

Des mois se sont écoulés jusqu'à une rencontre fortuite dans la rue du quartier, où nous habitions toutes les deux. Elle sortait d'un salon de lavage et n'était plus vêtu de noir, elle portait un jeans et un pull coloré. Elle s'excusait, car elle avait été pendant quatre mois dans une clinique somatique à cause de son anorexie qu'elle connait depuis huit ans et qui alterne avec sa boulimie.

Elle me demande si j'avais été encore une fois à Dublin rendre visite à mon fils ? Non, mais en été, répondais-je. Sa troisième sœur se mariera en aout, mais ne l'avait déterminé comme demoiselle d'honneur. Elle en est déçue et ne sais pas si elle y va pour participer au mariage. Quant à son petit-ami, elle est encore avec lui mais libre accès chez lui elle n'a toujours pas. « Il ne te cache pas ?! » « Je ne le sais pas. Nous nous rencontrons une fois par semaine », répond-elle d'un ton déprimé.

À notre rendez-vous elle ne vient pas. Après des semaines je passe devant son immeuble où elle a toujours habité, mais son nom n'est plus sur la plaque de sonnette.

Est-ce qu'elle est retournée en Irlande bien qu'elle ait fui sa famille ? Emménagée chez son petit-ami ? Retournée à la clinique ? J'espère de tout mon cœur qu'elle va bien.

Laureen

Au coin de ses lèvres, j'ai vu un long sourire expirant, et au coin de chaque œil près de la racine du nez une larme d'un noir profond.

« Je pourrais être ta mère », disais-je à Laureen, qui s'en moquait et voulait absolument me pousser à une relation d'amour. Elle insistait pour que l'âge ne compte pas. « Mais oui ! », ai-je répondu, « je ne veux pas de relation mère-fille ! »

Lorsqu'elle a quitté le domicile de ses parents à 18 ans, elle a emménagé dans son propre appartement et avec elle de nombreux d'animaux, 49 lapins et 19 chats. C'était évidemment de trop. L'appartement était payé par les services sociaux. Quand elle avait reçu un avis d'expulsion, l'appartement était en ruine et devait être refait à neuf, la raison pour laquelle elle a dû s'endetter de 20.000€. Aujourd'hui c'est sa mère qui lui paye mensuellement 1.000€, à part l'argent de l'aide social, l'argent de sa mère est pour la nourritures des animaux, le vétérinaire, etc.. Elle dit : « Je n'en ai pas de mauvaise conscience, parce que j'ai tellement souffert d'elle. Si j'avais eu une autre enfance sans tant de blessures faites à mon âme je pourrais comme les autres faire un stage et travailler. Mais je ne peux pas. » Elle continue : « L'argent est toujours un sujet de dispute entre moi et ma mère. Ils ont assez d'argent, on le voit, parce qu'ils se sont achetés récemment un voilier ! Mais pour moi il ne reste rien, c'est ce qu'ils prétendent ! »

Laureen parlait et parlait comme si un bouchon avait sauté et l'eau s'est précipitée.

Je ne voulais plus revoir Laureen, la raison n'était pas son vécu douloureux mais qu'elle insistait sur une relation amoureuse.

D'un coup elle surgissait entre deux voitures. Nous nous sommes assises dans une entrée d'un immeuble dans la rue Schulterblatt, elle pensait que c'était mieux que de boire notre café à la table. Elle racontait qu'elle souhaiterait avoir dix enfants, ce qu'elle avait confié à l'homme alors qu'elle était assise sur ses genoux. L'homme ne s'est pas opposé, mais quelque temps après il a dit : « Vis ta vie et je vis la mienne ! ».

Lors d'une promenade avec cet homme aimé à l'âge de son père, il s'est soudainement arrêté à un escargot de vigne, elle ne l'avait pas remarqué et a continué sa promenade. Quand-elle s'en était aperçue, elle retournait et trouvait l'homme encore dans la contemplation de l'escargot de vigne. Elle en était indignée et disait : » Moi, je te parle de mon père emmerdant et toi tu t'intéresses à un escargot ! »

« C'était toujours comme ça. Il ne parlait pas vraiment avec moi. Et puis dans cette situation où je parlais encore une fois de mon père décevant, et je lui ai fait des reproches de ne pas m'écouter, il répondait : « Tout cela c'est du jardin d'enfant ! ». Il l'a conduit à la maison, où il a ouvert la porte pour qu'elle descende. Par la suite il a peint des escargots de vigne et elle aussi.

Quant à ses expériences avec les hommes, elle prétendait d'avoir couché avec 40 hommes. Seulement un de ces 40 avait accepté qu'elle ne voulait pas être pénétrée par le membre sexuel, mais elle aimait bien la pénétration avec un truc artificiel quoi que ce soit.

« 40 hommes ! » s'exclamait son amant, « c'est bien plus que j'en ai eu de femmes et j'ai 20 ans de plus que toi ! »

D'après ce qu'elle disait, elle ne devait pas satisfaire les hommes en retour, elle ne l'a fait qu'une fois. C'était avec un homme avec qui elle était depuis 4 ans ensemble et qui avait accepté pendant 2 ans qu'elle ne voulait pas coucher avec lui, cependant elle souhaitait et aimait qu'il la pénètre avec des objets.

Il y avait aussi de mauvais souvenirs. Un homme l'avait insulté en disant « Pissfotze » un mot vulgaire, péjoratif, méprisant. Elle était dans la baignoire quand il a dit : « Fais voir ! » Elle montrait alors son sexe. En le voyant il en était déçu et criait : » Autant de poils ! » Elle lui disait qu'elle avait il y a des années rasé son sexe. Alors il lui a demandé : »

Est-ce que tu ne peux pas le faire pour moi aussi, car si tu es déjà au lit comme un enfant, alors sois-le pour ça aussi. ! »

J'avais accepté aller au cinéma avec Laureen, qui avait proposé le film d'Almodovar : « Tout sur ma mère ».

Sa mère à elle l'avait hospitalisée en psychiatrie en raison de sa dépression et son anxiété. Bien qu'elle ait quittée la maison depuis quatre ans, le divorce de ses parents qui l'avait bouleversée, avait laissé des traces. Ses parents auraient toujours beaucoup disputé, mais le moment où ils se sont divorcés, c'était aussi le moment que son amant de 20 ans ainé, l'avait quitté après quatre mois sans donner des raisons. En même temps a mourut son chat malade d'un cancer, lequel l'avait accompagné depuis 19 ans. Une tristesse profonde s'était emparée d'elle. Pendant cinq jours elle a porté le cadavre du chat avec elle dans un coffre, car elle cherchait un endroit convenable pour l'enterrer. Elle le trouvait sur un champ près d'un arbre. Un ami et son frère la soutenait. Elle emménageait chez son père, mais il la traitait comme une petite fille au lieu de se pencher sur ses problèmes. Elle restait au lit et le père et son frère s'occupaient à tour de rôle d'elle et au final, ils ont appelé sa mère. Elle venait la chercher dans une robe belle. Laureen se sentait blessé par l'apparence belle de sa mère, comme si elle s'était vêtue expressément d'une si belle robe alors que sa fille n'allait pas bien du tout. Laureen a trouvé cela honteux, en plus la mère l'a déposé dans la psychiatrie bien qu'elle ne voulut pas au début, mais a donné son accord quand on lui a assuré qu'elle n'avait pas besoin de prendre des médicaments. Mais c'était un mensonge. La raison pour laquelle elle volait une scie dans l'atelier de bois appartenant à la clinique. Elle s'est enfuie dans la forêt où elle voulait s'ouvrir les vènes, avant d'en arriver, elle a découvert une petite maison dans laquelle vivait un couple auquel elle a tout raconté. Ils ont téléphoné à une femme très gentille, qui venait la chercher pour trouver une bonne solution, malheureusement cette dame gentille était du personnel de la clinique. Elle l'a livrée à la section fermée de l'hôpital psychiatrique. Ils l'ont pompée avec des cachets qui faisaient d'elle un zombie. Plus tard elle est retournée dans le service ouvert de la psychiatrie. Elle n'oublierait jamais la date de sa sortie.

Nous regardons les tableaux du peintre Kokoschka. Laureen riait de ses portraits, se moquait des personnes déformées. Je lui parlais de son amour malheureux pour Alma, dont il a fait faire une poupée à ses mesures et à son image, parce qu'il ne pouvait pas lâcher Alma. Puis un jour, il a coupé la tête de la poupée en disant « J'ai tué Alma ! » Laureen pensait à l'homme dont elle n'avait pas réussi à se défaire. Depuis dix ans, elle l'appelait chaque jour bien qu' il ne réagisse pas et ne répondait pas à ses lettres. Elle était sûre qu'il écoutait ses messages, car quand le répondeur était plein de ses messages, il insérait une nouvelle cassette. Parfois, disait-elle, en plus de ses messages sur son répondeur, elle lui écrivait plus que dix lettres par jour. Ce que Lauren venait de me raconter semblait tellement étrange que je ne savais pas quoi dire. Elle continuait en disant, qu'elle en est fière, qu'elle ne se laisserait pas faire. Il l'avait laissé tomber après quatre mois et demi sans lui donner ses raisons et sans s'expliquer avec elle. Elle n'aurait pas mérité un tel comportement méprisant. Elle insiste sur sa valeur et qu'il devrait à son tour supporter son comportement envers lui, car ça aurait été lui qui l'avait mis dans cette situation. Toutes les trois minutes le répondeur se remettait en marche jusqu'à ce que la cassette soit pleine au bout de 45 minutes. Seulement une fois il a décroché le téléphone et disait : « Cela ne finira donc jamais ?! » Ensuite il a immédiatement raccroché.

Je me sentais mal à l'aise, le vécu de Laureen n'était pas facile à supporter. Mais évidemment elle avait besoin d'en parler si ce n'était pas son intention de m'adoucir par son histoire malheureuse et qu'elle espérait briser mon refus d'engager une relation amoureuse entre nous ce que j'avais clairement refusé.

Elle continuait à fréquenter leur disco préféré. Elle le saluait mais ne recevait pas de réponse. Quand il sortait avec un ami du disco, elle les avait suivis et attendus en pleurant parce qu'elle ne croyait pas qu'il serait si dur. Il l'ignorait en sortant du café où il a été boire un café avec l'ami. Il montait dans sa voiture, elle jetait son portable sur le toit de sa voiture en pensant de l'arrêter comme ça, mais il est parti.

Il y a quelques mois,8 elle l'avait rencontré à une fête où il s'amusait avec des filles. Quand ils se sont croisés dans le couloir où il voulait l'éviter, elle a étiré son bras pour qu'il ne puisse pas avancer, mais il a repoussé son bras qui l'empêchait d'aller aux toilettes.

Elle s'est demandée s'il y avait un lien entre lui et son père, car ils avaient le même âge. Son père était artiste, faisait des collages sur des papiers noirs où il collait des copeaux des bouts de papier. La mort jouait un grand rôle dans ses images, qu'il remplissait des croix et d'autres symboles.

Elle-même avait peint Jésus, qui saignait entre ses jambes, ce que représentait pour elle le sang menstruel de la femme. Elle l'a ressenti positivement. Quand son père a été atteint d'un cancer, elle s'est sentie coupable, car elle lui avait écrit : « Où étais-tu ? » parce qu'en tant qu'enfant elle s'est sentie abandonner. Il avait laissé sans réponse les deux lettres qui lui étaient adressées.

À sa mère elle écrivait une lettre de 160 pages. De cette lettre gigantesque, elle avait fait un livre dont elle lui faisait cadeau à son deuxième mariage, que Laureen n'a pas apprécié, car elle n'aimait pas cet homme. Elle n'habitait plus dans la maison familiale, mais s'est sentie encore membre de la famille. Son frère transsexuel ne s'est plus manifesté dans la nouvelle famille. Personne ne sait où il est. Le plus jeune des frères a commis des délits.

Elle déteste sa mère et l'appelle « le monstre » et « la bête féroce », car elle avait forcé son frère et elle de se mettre nus sur un grand papier posé sur le sol. « Ensuite elle a dessiné nos contours ce qui a été très désagréable. Le papier a été accroché au mur de la classe d'école pour montrer les différences entre fille et garçon. J'en avait éprouvé une honte profonde. » Plus tard, quand elle parlait de sa honte à sa mère, celle-ci ne la comprenait pas, au contraire elle s'est moquée d'elle en disant : « Alors, je dois m'attendre à la police dans un avenir proche ? »

Même dans la psychiatrie on ne l'avait pas pris au sérieux malgré ses 25 ans, se plaignait-elle. Quand un infirmier lui avait bandé le poignet où elle s'était fait des blessures, il disait : « Maintenant nous allons panser ton acné ». Il y avait aussi des traces de blessures à son cou, car elle avait essayé de se pendre proche de la maison du couple dans la forêt. On traitait les traces comme une malpropreté. Elle disait que le médecin voulait délibérément la rendre folle avec son regard.

Elle revient sur son amant ancien. Je ne sais pas si je dois interrompre son flux de paroles. Je n'ose pas.
Elle pense qu'ils vont s'unir à nouveau si elle ne lâche pas prise. Avant la séparation ils se sont souvent disputés parce qu'elle ne voulait toujours pas coucher

avec lui. Pour cela elle souhaitait des circonstances particulièrement agréables. La raison pour laquelle elle préférait que des objets soient introduits dans son vagin au lieu de coucher avec ses amants était le sentiment qu'elle resterait vierge par cette manière. Elle utilisait le mot « innocente ». Elle se sentait encore innocente et se vantait qu'aucune autre femme le serait et elle en était très fière. Ce serait son célibat à elle, disait-elle, peut-être parce qu'elle était une prêtresse il y a 500 ans, un naturopathe lui avait dit cela. Aussi, pense-t-elle, qu'elle était un homme dans une autre vie. En tous cas, dans ses fantasmes érotiques elle s'imaginerait toujours comme homme. Si elle est une femme dans ses fantasmes, elle se voit toujours ligotée.

Ces lettres écrites à cet amant ancien, elle les a toutes copiées et les a mis dans des boîtes, ensuite marquées par ses chats. Elle cherche une valise métallique sur les marchés aux puces pour y enfermer ces lettres.

Finalement ce qui devait arriver arriva. Laureen revenait sur son désir d'engager une relation amoureuse avec moi bien que je l'aie déjà refusé.

Je lui ai expliqué une fois de plus que j'avais eu une relation mère-fille difficile et que je ne voulais pas la revivre avec elle. Elle a répondu que j'aurais l'opportunité de travailler sur ma mauvaise relation mère-fille. J'ai refusé en disant que j'avais déjà travaillé toute ma vie là-dessus.

Avec sa propre mère elle n'a plus de contact depuis cinq ans, à part un échange de lettre parce qu'elle dépend d'elle financièrement.

Nous étions assises sur la pelouse d'un parc. Laureen disait, qu'elle se demande si je n'étais pas la personne qui l'avait ramenée à l'hôpital psychiatrique d'où elle s'était échappée.

J'ai pris peur à ses propos et je lui disais-je : « Ecoute, si tu vois en moi cette femme, une relation amoureuse serait gâchée dès le début. Et de toute façon je t'ai déjà dit, que je ne veux pas une relation mère-fille. Je

pense que tu aurais toujours cet espoir, donc c'est mieux de ne plus se revoir ».
Elle en était déçue. Mais en comprenant que je ne changerais pas d'avis, elle s'en allait.

Quelque temps après je l'ai revu derrière un stand de marché aux puces. Elle téléphonait, le portable à l'oreille. Elle a regardé dans ma direction mais elle faisait comme si je n'étais pas là. Son regard me transperçait. Avec elle était une femme de son âge.
J'ai été soulagée de l'avoir revu sain et sauf et qu'elle ne s'était pas suicidée.

.

Le suicide d'U.

Je me suis souvenue de beaucoup de choses depuis que je le sais. Je m'étais étonnée que je ne la voyais plus. La dernière fois elle a été fraichement tombée amoureuse, donc je m'imaginais qu'elle passait tout son temps avec son nouvel amoureux. Mais au bout d'un certain temps je me suis inquiétée. J'ai demandé dans le café portugais qu'elle fréquentait tous les jours à l'époque. Elle habitait en face de ce café et l'un des hôtes qui y venait également tous les jours s'est souvenu d'elle. Oui, une femme de 40 ans, mince, avec des cheveux longs et fumeuse à la chaine. L'hôte m'a demandé si son nouvel amant portait ses cheveux en queue. Je le confirmais. Alors il disait qu'elle s'est donnée la mort et se taisait ensuite. J'aborde la serveuse du café, mais bizarrement elle ne se souvient pas d'elle, peut-être parce que cela faisait trop longtemps qu'elle n'était pas venue. L'homme qui m'avait dit qu'elle s'est suicidée et à qui j'avais demandé par la suite comment elle l'a commis, a répondu qu'il ne le sait pas et aussi que cela ne l'intéresse pas. Par contre la serveuse était intéressée de le savoir, car elle pense que la manière dont on quitte ce monde montre, comment la personne a vécu sa vie. Elle donne un exemple : Si quelqu'un se noyait dans le lac, cela pourrait durer des semaines jusqu'à la police trouve le cadavre. Il s'ensuit selon elle, que la personne a du souffert d'un manque de l'attention dans la vie, l'attention qu'elle attirait par une longue recherche de son corps. La serveuse pense que l'attention qui manque serait le plus souvent la raison d'un suicide. Et si quelqu'un cherchait un suicide douloureux cela montrerait selon elle que la personne a vécu dans la souffrance causée par la famille, par le partenaire et par d'autres.

Il m'est venu à l'esprit qu'elle a peut-être quitté la vie pour des raisons de résistance. Un jour elle m'avait raconté qu'elle devait se présenter à une clinique psychiatrique en dehors de la ville pour y être soigné pendant quelques mois. C'était sa fille qui la conduisait à l'hôpital, mais quand elle a vu cet immeuble immense et froid, elle a insisté que sa fille la ramène chez elle, car elle ne voulait dans aucun cas entrer dans ce bâtiment rébarbatif et loin de son quotidien, il lui faisait une grande peur.

Une fois elle m'avait demandé de traduire une lettre allemande en français. Elle avait eu une relation avec un homme algérien qui avait disparu. Elle n'avait pas l'adresse, mais pensait la trouver, la lettre que je devais traduire serait lui adressé. Dans sa lettre elle disait combien elle l'aimait et qu'elle n'avait aucune exigence envers lui, car elle voulait le reconquérir pour elle.

Elle était très en colère contre le père de ses enfants, mais elle était fière de ses enfants. Le garçon avait gravi les échelons en tant que joueur de football et avait été montré primé dans le journal.

J'étais absente du café pendant une longue période. Quand je l'ai revue, je ne la reconnaissais presque pas, car elle avait pris du poids, son visage était gonflé, certainement par des médicaments. J'ai hésité de l'aborder puisque son regard était repoussant et hostile. Elle se raclait la gorge en permanence, une nervosité et inquiétude semblait la posséder. Je me suis décidée de l'aborder une autre fois quand elle serait moins sous tension.

Je n'ai jamais commenté ses changements concernant son extérieur, ses cheveux négligés qui n'ont jamais été si gras. Elle avait toujours pris soin de ses cheveux, la raison pour laquelle ils étaient très doux et lumineux et tombaient souplement sur ses épaules. Elle portait des jupes longues de folklore et des boucles d'oreilles en argent travaillées en filigrane.

Comme nous tous, elle était assise sur le rebord de la fenêtre en buvant son café ou elle était assise sur les marches d'escalier en face d'un centre alternatif pour les jeunes. Ses yeux et ses dents blanches rayonnaient. À l'époque elle semblait heureuse. Elle enviait ma fantaisie, car je voyais sur l'autre côté de la rue un homme assis sur une grosse pierre, qui était en vérité un objet quelconque. On parlait de mon tableau peint en bleu, elle-même dessinait des structures fines, finement articulées. Cependant elle ne pouvait pas se motiver régulièrement. Elle parlait d'un thérapeute, qu'elle avait connu au café. Il la prenait en thérapie, elle l'aimait bien et ils se sont pris dans les bras lors des séances. Puis elle s'est décidée de ne plus y aller, car la relation thérapeutique ne pouvait pas satisfaire ses besoins d'affections.

Quand elle était encore plus jeune, elle était assistante juridique, mais elle n'avait pas envie d'enchainer en raison du faible salaire qu'elle y gagnait et pour d'autres raisons dont elle ne parlait pas. Elle touchait de l'aide social et cela lui suffisait. En tout cas elle ne s'est pas adressée au bureau d'avocats où à l'époque une amie à moi travaillait.

Il y avait toujours de grands intervalles entre nos rencontres fortuites.

Un jour j'ai fait la connaissance de son assistante sociale. Cela ne lui avait pas plu que cette dame venait dans ce café où nous étions assises côte à côte. Par politesse j'ai changé ma place car j'ai remarqué que la jeune femme n'aimait pas que les autres hôtes du café connaissent sa dépendance d'une l'aide sociale. Celle-ci moins âgée qu'elle donnait comme excuse qu'elle n'avait pas pu la joindre, ce qui était indispensable dans ce cas urgent. Les deux se disputaient bruyamment, j'entendais dire l'aide sociale que U. était devenue violente. Celle-ci reprochait à l'assistante sociale qu'elle ne s'occupe pas de sa demande que son appartement en état lamentable devrait être rénové.

Les relations avec les hommes n'étaient non plus satisfaisantes. L'avant dernier la trompait avec son Ex. Avec l'homme actuel elle semble heureuse, je la voyais souriante et main dans la main avec cet homme. Au café ils étaient assis tout près l'un de l'autre. Elle disait que c'était incroyable mais il venait la voir tous les soirs. Mais d'un coup, il disparaissait pour quelques semaines. Puis il revenait avec des excuses. Malheureusement cela s'est répété régulièrement. Un jour il avait disparu pour toujours. Elle en était déçue et blessée profondément. Ça ne marchait pas avec les hommes et ne marcherait jamais. En outre ses autres problèmes de son quotidien l'accablaient.

Son humeur était au plus bas.

C'était le moment où elle a réalisé ce à quoi elle avait souvent pensé. Dans son monde devenu si étroit et d'où elle n'imaginait pas comment sortir, elle ne pensait qu'à la corde.

C'était ce que j'apprenais bien plus tard. Elle s'est pendue dans son appartement toujours pas rénové, elle y était trouvée par sa fille.

La chatte et Sartre

De l'autre côté de la rue, je voie une chatte au premier étage qui va et vient sur le rebord extérieur de la fenêtre, se faufile de-ci de-là. Elle a un dos immensément long et l'espace d'exercice pour la chatte est très limité.

La fenêtre en plein cintre est divisée en trois parties, celle du milieu est ouverte, et c'est là où a disparu la chatte. Un bel immeuble ancien entre un café portugais et un bar. L'abat-jour allongé d'un lampadaire éclaire chaudement l'appartement de la chatte tandis que la rue, mouillée par la pluie reflète la lumière sale du jour.

La chatte réapparait de nouveau à la fenêtre ouverte. Elle se penche comme une vieille femme qui pose ses coudes sur le rebord de la fenêtre et regarde la rue.

La chatte est patiente, elle parvient à faire ce que Sartre ne parvient probablement pas à faire. Je lis dans son œuvre « La nausée ». « Je me lève en sursaut : si seulement je pouvais m'arrêter de penser.... ». La chatte n'a pas ce genre de pensées, je suppose, mais elle lui arrive certainement de s'énerver, de se mettre en colère et surtout de chercher la chaleur des humains et leur affection. Un peu plus loin Sartre écrit : » J'existe parce que je pense... et je ne peux pas m'empêcher de penser. En ce moment même – c'est affreux – si j'existe, c'est parce que j'ai horreur d'exister. » La chatte laisse passer les pensées de Sartre comme des nuages. Elle ne regarde pas en haut vers les nuages, sa tête s'incline vers la rue où les voitures et les gens prennent un petit format, une petite mesure. Si la chatte se sent dépassé par trop d'activités dans la rue, elle tourne le dos au chaos d'en bas et se faufile par la fenêtre ouverte pour retourner dans l'appartement, son refuge sûr.

Cependant Sartre écrit : « C'est moi, c'est moi qui me tire du néant auquel j'aspire... ». Si la chatte le pouvait, elle aurait certainement secoué sa tête, mais elle n'en a pas besoin, elle ignore tout simplement ce que Sartre vient de dire, tout au plus, elle fronce le nez et se retire à l'intérieur de l'appartement.

Je regarde à travers de l'ouverture de la fenêtre à l'intérieur de l'appartement de vis-à-vis, et je voie le lampadaire éclairé par un ton chaud. La chatte qui est glissé à l'intérieur sait inconsciemment que c'est le matin, alors elle se dit : J'ai donc encore tout mon temps pour sauter sur le rebord de la fenêtre et observer les gens dans la rue qui s'y arrêtent, qui bavardent, qui boivent du café, qui rient, car cette rue dont les trottoirs sont très larges, s'appelle la Piazza, si j'ai bien compris. De toute façon ça ne me regarde pas, mais c'est un divertissement amusant, je me demande parfois si je ne reconnais parfois pas l'un ou l'autre des passants.

À l'intérieur de l'appartement la chatte miaule, elle pense à Sartre qui a envie du néant. Elle s'en moque, car le néant, elle le sent toujours en elle-même. « C'est un constituant de mon existence », dit-elle dans sa propre langue à elle et poursuit : « Les bouddhistes essayent de se vider de leurs pensées.

C'est ce que j'ai entendu de ceux qui me possèdent. Mes propriétaires sont des bouddhistes, cela se voit, partout dans l'appartement des bouddhas en bois, en métal, en plastique, en étoffe. D'après moi, ils n'auraient pas besoin d'aller aux rassemblements bouddhistes, car je suis pratiquante depuis ma naissance, ils pourraient tout apprendre de moi s'ils se lançaient dans ce projet. Je suis alors heureuse, l'état de bonheur, que les savants, les religieux, les philosophes et beaucoup d'autres se précipitent à trouver, est en moi. Le bonheur, c'est la paix selon moi. C'est pourquoi je m'allonge souvent en toute satisfaction tandis que mes propriétaires bougent presque tout le temps et se sentent essoufflés quand le soir arrive. »

La chatte a sauté à nouveau sur le rebord de la fenêtre et à pas lent elle traverse ce petit espace en allant d'un bout à l'autre pour ensuite reprendre sa pose de la vieille femme qui, appuyée sur ses coudes, observe par la fenêtre la rue, regarde à droite et à gauche et au milieu.

La chatte ne me voit pas, même quand elle regarde la porte vitrée de la maison 73 en face d'elle, car là, je suis assise quelques mètres loin de la porte vitrée à l'intérieur près du kiosque, oui, il y a un kiosque dans ce café. Le journal Le monde est coincé dans le porte-journal. Autour de moi, des gens silencieux sont assis seuls à leur table devant leur café et leur ordinateur portable. Une voix monotone, pénétrante, masculine perturbe le silence du café, me transperce, prend place en moi. L'homme qui répond à cette voix intrusive, importune parle à voix doux. J'entends le nom « Jankowski » et aussitôt me vient à l'esprit l'acteur qui a émigré en Irlande pour l'amour bien-sûr, mais aussi pour enseigner l'allemand à l'institut Goethe, et pour jouer sur scène le Socrate. Avec lui et mon fils, qui vivait à l'époque à Dublin, on a vu le film sur Bob Dylan « I'm not there » à l'Irish Film Institut IFI. Dylan était admirablement joué par Cate Blanchett. Jankowski m'a fait cadeau de son autobiographie « Myself Passing By » et son livre photo, son ami Brian Lynch écrivait des poèmes pour les photos. Il était également écrivain des nouvelles. Sa femme était une peintre connue en Irlande. Mais qui sait, si ces deux hommes parlent de ce Jankowski.

Et la chatte, est-ce qu'elle connait Jankowski ? Ont-ils une relation télépathique ? Est-ce qu'ils se sont apparus réciproquement comme devant mes yeux était apparu le Dalaï-Lama dans la phase de détente au cours de Yoga ? Le Dalaï-Lama m'avait souri et m'a fait signe de main pour que je vienne vers lui. J'ai hésité, car je ne suis pas bouddhiste, malgré il a insisté. Quand j'étais devant lui, il m'a montré sa paume pleine d'eau que je devrais boire. J'ai été tiraillé entre mon éducation dans l'esprit d'obéissance et mon dégout. J'avais été élevé pour être une fille obéissante. Je me suis sentie contrainte, forcée, je me suis sentie obligée. Dans cet état de peur, j'ai fait un effort et j'ai réprimé mon dégout. J'ai bu l'eau dans sa paume qui ne voulait pas s'arrêter de jaillir et m'obligeait de boire incessamment, jusqu'à ce que je n'en puisse plus.

La distance entre l'Asie et l'Europe ne semble pas jouer de rôle comme si la distance physique n'aurait pas d'importance, comme si cette distance physique n'existait pas. Il est donc possible que la chatte connaisse Peter Jankowski à un niveau immatériel.

La chatte est repartie, s'est à nouveau refugiée à l'intérieur du logement où elle rôde, se balade et se débarrasse de mes pensées, qui l'ont probablement embêté. « Quelle connerie ! » a-t-elle pensé peut-être et n'a pas voulu entendre plus. Elle préfère la tranquillité, le silence dans son intérieur où rien n'est plus existant même pas un Peter Jankowski. Elle frotte son pelage contre un pied de chaise, saute dans le fauteuil sous le lampadaire et s'y enroule. Sans doute dort elle un moment pour laisser tout ce bruit de la rue en dehors d'elle et pour éviter les odeurs, les couleurs, les cris, tout ce qui peut être dérangeant. Est-ce qu'elle rêve ?

Je mets la voix pénétrante masculine à l'écart en écoutant de la musique de Jan Garbarek sur mon mp3 lecteur. Ici je suis la seule à écrire à la main.
Une jeune femme avec son bébé dans une écharpe de portage sur son ventre entre, regarde autour, puis crie

dans son portable : » Où est tu ?! » Un moment de silence avant qu'elle ne dise : « Ah bon ! » Ensuite elle demande à l'homme du kiosque qui accroche un journal sur le présentoir : » Avez-vous le wifi dans ce café ?! » « Qui ! », dit-il, ensuite elle s'en va.

Un grand conteneur à boissons s'arrête devant le café. Il barre ma vue sur la chatte, mais là je vois que la chatte habite au-dessus d'un café-bar qui s'appelle « chatte ». C'est écrit en grande lettres, en gros caractères, mais ce n'est que maintenant que je m'en aperçois, car le conteneur à boissons ne laisse voir que ce petit espace de l'enseigne. Est-ce que les propriétaires du café-bar « chatte » sont aussi les propriétaires de l'appartement au-dessus où vit la chatte ?

La porte arrière du conteneur s'ouvre, il sort une vapeur blanche, une vapeur réfrigérante s'échappe sous la forme d'un grand nuage. La rampe est abaissée, un travailleur y monte et la rampe bouge vers le haut.

Je sors du café, j'ai perdu la chatte de vue. Elle n'est plus là. La fenêtre est fermée. Je ne la voie même pas derrière la vitre. Elle vagabonde probablement dans l'appartement sur les planches en bois de l'appartement ancien, puis se frotte à la jambe de son maître ou de sa maîtresse, peut-être un enfant joue avec elle. Elle recevra sa nourriture, elle recevra des caresses, elle se couchera ou se plongera dans un état proche du sommeil. Elle se videra, tous les bruits ne la concernent plus, toutes les voix à l'intérieur et à l'extérieur, qui tentent à la pénétrer, ne la touchent plus, si elles parviennent à la pénétrer, elles se dissolvent en elle.

Je suis de nouveau au café en face de l'immeuble où habite la chatte. Ce café s'appelle « maison 73 » comme le centre culturel dans lequel est intégré ce café.

Un garçon, en fait un jeune homme, au début de la vingtaine comme les autres de son groupe, prend la parole : « J'annonce ça n'attire pas… ! » J'attrape juste quelques mots des jeunes Français à la table voisine. La jeune femme dit : » C'est-à-dire que pour moi… ! » Elle est habillée en noir, même sa tête est couverte d'un bonnet noir. Elle s'est levée et pose ses mains blanches dans son dos à la hauteur de sa taille, ses doigts blancs écartés ressortent sur ses vêtements noirs. Est-ce qu'elle s'apprête à quitter le café comme le font les garçons ? « organiser… », « Ça semble… », « jusqu'à 22.00 heures… ». Elle porte une jupe transparente. « disant… », « Il y a qu'un…. », « même… », « voilà mais… », « le rôle… », « chanter… ». Il me semble qu'elle essaye de convaincre ces quatre garçons. Un hôte, qui est assis derrière eux, se bouche l'oreille. Lui aussi écrit à la main, mais quitte bientôt le café. Un autre client ne lève même pas ses yeux de son ordinateur portable, rien ne peut apparemment l'ébranler, sans doute à cause de ses écouteurs dans ses oreilles.

Un cinquième garçon se joint au groupe d'où j'attrape d'autres bribes de mots. « Par exemple… », « C'est vraie que…. », « Je pense vraiment ! », « parti », « effectivement ».

La chatte n'est pas là. Les fenêtres sont fermées. On ne la voit pas derrière la vitre. Le lampadaire n'est pas allumé non plus. Pas d'illumination de n'importe où. Mais il y a des chandeliers sur le rebord intérieur de la fenêtre sur lesquels sont fixées des bougies longues, blanches et fines. Elles n'ont pas encore été allumées, si elles l'avaient été, elles n'auraient pas brulé longtemps.

« chacun », « je pense que », « On a pris vachement… », « ce soir aussi… », « quoi ? »

Dehors je vois le beau temps, je pense à l'Elbe où je n'ai pas été depuis quelques mois, à la plage de sable où je me suis souvent promenée.

« d'accord », « moi, j'en sais rien… », « voilà ».

Sur la rivière Elbe flottait la même brume qu'aujourd'hui dans ce quartier, rien ne rayonne, tout est assombri.

La jeune femme de ce groupe français est très dominante, elle étouffe toutes les tentatives des jeunes hommes d'exprimer leurs opinions. Elle essaie de se justifier et de les convaincre que ses propositions sont les meilleurs.

« aller chercher », « chanteuse », « camion », « cela me fait chier… », « aller chercher l'argent… ».Un garçon énervé : »Mais c'est toi qui a le contrat… ». Elle : « Je sais » « Je suis d'accord… », « état », « budget ».

Je me demande si la chatte fait une sieste.

« Oui, pour moi ce n'est pas la peine… », « non, mais », « dans ce cas là… », « payer », « pas payer », « acteur », « là-dessus », « J'ai payé le studio… », « les musiciens », « ma mère », « l'Italie » « merde ».

La jeune serveuse pose des petits bougies chauffe-plat sur les tables. C'est la première petite lumière.

La française s'est laissée tomber en arrière dans le canapé.

Trois clients regardent sur leurs bureaux.

« Je suis d'accord », « C'est très agréable », « c'est vachement agréable », « Ce n'est pas grave », « Oui, mais non… », « Ce qui me fait chier c'est que personne n'est vraiment content… ».

Devant ce café « maison 73 » une femme pousse son landau. Devant le café « chatte » en face un ramoneur monte dans sa voiture, mais ne démarre pas.

Les fumeurs et les fumeuses vont fumer devant le café.

« vachement travaillé », « ce qui conte vachement... », « on y va », « ça donne de stabilité... ».

La femme du groupe enfile son manteau. Elle met une tunique noire par-dessus, avec laquelle elle est encore mieux protégée contre le froid. La cape en forme de cloche souligne une composante féminine. Elle prend les affiches qui sont derrière elle au-dessus du canapé. Je suppose que les affiches annoncent un concert.

« Moi, j'accroche dans la rue... », « Je te laisse les bars... ».

Elle quitte le café avec les affiches enroulées sous le bras suivi d'un de ses compagnons.

Je descends les escaliers vers les toilettes et je vois au mur, ce qui ne m'étonne plus maintenant, une affiche qui annonce pour ce soir au Sony-bar « Side Street Music ». Même si la chanteuse qui pose au milieu de l'affiche noire, blanche et grise, regarde sur le côté, je reconnais la jeune française mais sans ses musiciens. La chanteuse Cléo est assise pieds nus sur un podium, elle porte une robe blanche en tulle, qui laisse ses épaules libres et laisse entrevoir la naissance de ses seins. Des lignes noires décoratives se trouve sur le haut de sa robe.

Il n'y a rien à faire, c'est comme ça, la chatte ne se manifeste pas à la fenêtre. Si quelqu'un/e la dérangeait, elle dirait probablement : « Va te faire foutre ! », et remettrait sa tête dans sa fourrure.
« Je n'ai pas dit cela ! ». Les jeunes français restés au café discutent vivement.
« Mais moi, je m'en vais ! » C'était ma voix à moi.

La chatte est absente. Plus qu'absente. Elle n'est pas là. Elle n'est plus jamais là ?
Je suis dans un autre café, un café portugais près de l'abattoir, mais je pense à la chatte, qui est peut-être morte. Si elle n'est pas là, elle pourrait être morte.

Ici un mec bruyant, sans gêne, sans retenue, qui parle d'une voix forte dans son téléphone portable alors qu'un autre client est assis à sa table.

Je me souviens de Sherry, un jeune chat, que mon fis avait amené d'une camarade d'école sans m'en prévenir. Il était admirablement beau, noir avec une tache blanche au nez. Très mignon. Mais il a été dehors les premières semaines de sa vie, il était habitué à jouer dans le jardin de ses propriétaires, il avait gouté l'odeur de l'air, le parfum des fleurs, il courait partout. Chez nous il était enfermé dans l'appartement où il se tenait tout le temps à la porte d'entrée, en la grattant et en miaulant de façon déchirante. Cela me faisait beaucoup de peine. Il avait senti la terre, humé l'air frais, s'était senti libre et maintenant il était prisonnier.

Nous voulions mettre fin à la souffrance de Sherry et nous l'avions donné à une amie qui habitait à la campagne. Malheureusement, il y a été écrasé par une voiture. L'amie disait qu'il aurait eu des jours heureux avec d'autres chats, mais cela ne nous a pas consolés.

Deux orateurs permanents qui gesticulent bruyamment, l'un s'adresse à l'autre avec véhémence. Son bras parcourt toute la table, se déploie comme un éventail. L'un cri : « Je fais partie de sa boutique ! » Il s'agit d'une boulangerie, après il parlent de SAP, puis des marques de voitures. Ils parlent turc, mais parfois une phrase allemande tombe. « Le mec est correct ! »

J'ai fini par m'assoir à une autre place. La serveuse sans travail à ce moment s'assoit avec son petit déjeuner à côté de moi et ensuite elle me prend en photo, car j'aimerais envoyer la photo à quelqu'un duquel je pensais qu'il m'attend à Berlin. Mais je recois un e-mail disant qu'il se sépare de moi, parce que je vivrais trop isolée. Je laisse expirer le billet pour Berlin, mais je mets dans ma salle de bain les quatre pierres rondes, comme roulées dans de la poudre blanche, que j'avais ramassé pour lui sur la plage de l'Elbe. Il m'avait dit, que ses amis quand ils rentraient de leurs voyages lui apporteraient de belles pierres des pays où ils ont voyagé.

Personne ne sait ce qu'il y après la mort, seule la foi s'y connait, si ça continue au ciel ou dans l'enfer ou s'il y a des réincarnations ou si ça va continuer.
Et Sherry, le chat, mort sur la route, écrasé par une voiture, est-ce qu'il va bien ? Son âme existe-elle encore ? Est-elle déjà née à nouveau quelque part, est-ce qu'il y a une renaissance de l'âme ? Ou est-ce que l'âme est tout simplement morte. Morte. Morte.

La femme sans abri qui s'est mise à hurler l'autre jour est assise tranquillement, elle regarde ses mains, parfois elle tourne le regard vers l'extérieur, mais qu'est-ce qu'elle voit dehors ? Son intérieur ?
Ses cheveux tombent longs et ondulés. Elle se lave parfois les cheveux dans le lavabo des toilettes de ce café. Une jeune femme s'approche de sa table, lui montre des chauffe-poignets noirs et lui demande si elle voudrait les avoir. La femme ne fait presque pas de grimasse. Elle indique par un mouvement minimal de la bouche et des épaules : « Pourquoi pas ». Ce n'est pas une réaction enthousiaste. Elle prend les

chauffe-poignets noirs qu'on lui a posé à côté de sa tasse. La femme qui offre le cadeau dit que sa grand-mère les avait tricotés. La femme sans-abri baisse la tête, regarde ses mains. Une fois par semaine, elle parle ici dans ce café avec une femme des Témoins de Jéhovah. Elles parlent de textes bibliques. La femme de Témoins de Jéhovah dit que la femme sans abri est très intelligente, mais elle prétend une identité qui n'est pas la sienne. Elle serait issue d'une famille noble. La femme de Témoins Jéhovah dit qu'elle l'a vérifié et a constaté que ce n'était pas vrai, mais elle serait intelligent et disposerait d'un grand savoir.

Que fait la chatte ? Est-ce qu'elle fait des allers-retours sur le rebord de la fenêtre ? Est-ce le lampadaire est allumé ? Est-ce la chatte est morte ? Pourquoi la chatte serait morte, seulement parce que je ne la vois et ne l'entend pas ?

La femme sans abri a sorti son tabac de sa poche, elle se roule une cigarette.

La serveuse fait du bruit avec la vaisselle. Elle ouvre le lave-vaisselle. Je vois la vapeur s'échapper alors que je ne la vois pas, car je suis assise derrière la saillie du mur. Je suis très sensible aux bruits, aux sons, mais mon fils aveugle par exemple a peur des voitures électriques parce qu'il ne les entend pas. Ça peut être dangereux pour les non-voyants.

Le Jazz dans le café de la maison 73 me plaît, mais ma tête ne va pas bien. Je m'attendais déjà à ce que la chatte ne soit pas là. Elle n'est pas là, elle a disparue au plus profond de la chambre et chaque jour où je ne la vois pas, elle est plus profondément perdue. Autant que je vienne ici, j'ai l'espoir, qu'elle est en vie, qu'elle traine dans l'appartement, qu'elle fait peut-être une dépression, parce qu'elle en a marre de tout, que son quotidien l'emmerde, puisque c'est toujours le même train de vie et surtout que ses propriétaires s'éloignent d'elle.

Quand ils reviennent de leur travaille le soir, ils n'ont plus envie de lui donner des caresses, de jouer avec elle qui en a pourtant besoin. Quand elle se plaint, ils la repoussent, parfois ils oublient même de l'alimenter.

La chatte fait un grand soupire. Elle ne serait pas la chatte qu'elle est, si elle n'essayait pas de comprendre ses propriétaires fatigués. Elle est compréhensive et se décide d'attendre, à dormir aussi longtemps que les propriétaires seraient lassés d'elle, aussi longtemps qu'ils auraient besoin de s'occuper d'eux pour reprendre leur force ancienne. C'est sa grande qualité de se mettre à la place des autres, si cela ne marche pas, parce qu'elle-même va mal, elle les ignore pour quelques temps. Elle se débrouille.

Qu'est-ce que je sais des chattes ? Ce ne sont que mes rêveries.

Quelqu'un montre un film sur son ordinateur portable à son compagnon. C'est énervant. Quelqu'un d'autre met le son encore plus haut. Et moi, qui en souffre, j'écoute de la musique de mon mp3 Player pour trouver ma paix, mais c'est de la tromperie.

La chatte n'est pas là, cela me rend encore plus malade, car j'ai un rhume fort et des maux de têtes.

Beethoven joue contre une Polka. Devant la porte les gens se disputent avec la police à cause de parking. On est jeudi et chaque jeudi les stands bio vendent leurs produits ici dans la rue Schulterblatt entre le café dans la maison 73 et le café-bar « chatte » en face.

Il fait un temps glacial. L'appartement, où habite la chatte, n'ouvre pas ses fenêtres. Que la chatte ne se montre même pas derrière la vitre est très inquiétant. Elle pourrait au moins être assise derrière la vitre sur le rebord intérieur de la fenêtre fermée. Mais elle n'est pas obsédée, n'a pas besoin de contrôler si l'aujourd'hui est comme l'hier.

Le soleil brille, il fait tout de même un froid énorme. Je devrais être au lit, guérir mon rhume, mais dans ce cas je manquerais si la chatte se montrait. Est-ce que la chatte reste parfois au lit à cause d'un rhume ?
« Pâtes fraiches faites maison » est écrit sur le stand devant le café « chatte », le stand est une roulotte de chantier qui me rappelle une ancienne amie, qui vivait dans une roulotte de chantier et y a accouché ses

enfants, ses cris de douleurs étaient entendus sur tout le terrain de roulottes de chantier, qui était toléré par la ville bien qu'à contrecœur. Il y a des gens qui ont la phobie des appartements normaux ce qui avait été le cas avec cette amie.

La chatte est toujours restée elle-même, satisfaites d'elle-même, elle n'est pas dans la nécessité de se remplir de la vie des autres.

J'achète sur mon chemin de retour une carte postale dans le magasin « Schanzenblitz » où on peut aussi faire des copies. J'achète bien sûr la carte sur laquelle se trouve une chatte noire sur le toit et au-dessus d'elle la pleine lune. Depuis le toit d'une ville française, elle regarde la nuit dans laquelle les rêves plongent les gens dans la confusion. Est-ce qu'elle le sait ? En elle c'est le vide. Certains qui la découvrent sur le toit et la lune au-dessus d'elle l'envient pour cela et voudraient que ce soit ainsi pour eux-mêmes.

De la rue je vois les vitres de l'appartement de la chatte bien nettoyées mais sombres, la chatte doit y être même si je ne la vois pas. Puisque nous avons des températures négatives, les fenêtres ne s'ouvrent pas, je passe devant les vitres irisées. Sur les rebords intérieurs les bougies longues, blanches, fines, ne se sont toujours pas consumées. Elles sont comme une image d'art immobile.

G., avec qui j'avais rendez-vous me semble être une chatte, petite et potelée, qui peut serrer sa gueule comme une chatte. Est-elle dans son intérieur vraiment une chatte ? Elle est complètement détendue là où elle s'installe, elle ne s'inquiète pas du tout de ce qui se passe autour d'elle. Elle est là où elle est, sur son siège en face de moi. Je suis impressionnée par la sérénité de la « chatte », qui ne se laisse pas distraire, qui m'écoute attentivement. Est-elle une chatte ou non ? Elle parle longuement et avec calme. Elle était prof et a été renvoyée à l'âge de 58 ans par son directeur d'école, un détracteur de chat. Elle était enseignante depuis 12 ans avec un nombre d'heures réduit. Puis d'un jour à l'autre, elle devrait travailler à plusieurs écoles à l'autre bout de la ville, parce qu'il voulait, à l'école où elle était employée, travailler avec une équipe d'enseignants composée des profs de son choix. Dans l'une des écoles où elle devrait enseigner, elle devrait être professeur principal. La conseillère du personnel lui a conseillé ne pas jouer à ce jeu à son âge, ce qui a entrainé sa mise à la retraite anticipée pour cause de congé de maladie permanente. G. était contente de cette solution, qui lui donnait une liberté de voyager quand elle le voudrait ou de faire quoi que ce soit. Elle se considère comme une gagnante. Au cours de notre conversation, j'ai un peu perdu la vision qu'elle était une chatte, car à la fin de son récit, elle s'est laissée emporter par une colère qui n'allait pas avec son sentiment d'être gagnante. Mais cette expérience remonte à plusieurs années, et au moment où nous nous sommes dit au revoir, j'avais de nouveau l'impression de tenir une patte de la chatte.

L'aveugle, qui a construit une garde-robe, peut-il être un chat ? Il aime passionnément fouiller dans sa boite à outils. Il a mesuré précisément la niche avec son centimètre pour les aveugles. Il a fait couper les planches, il a acheté des vis et des suspensions, il a passé tout le dimanche à percer, à scier, à marteler. « Quand j'ai emménagé ici il y a un an, j'ai tout de suite su que j'allais construire un portemanteau avec une étagère », disait-il. Il pourrait être un chat, car il dispose d'une grande sérénité.

Dans la rue Vereinsstraße une jeune chatte noire avec des taches blanches court à mes côtés le long de la rue. Elle est si mignonne, que je sors mon appareil photo, mais à chaque fois que je veux appuyer sur le déclencheur, elle me tourne son dos et je n'attrape que sa fourrure magnifique. Pas une seule fois je ne parviens à prendre son visage en photo, juste un peu vu d'en haut. Elle me tourne toujours le dos, mais dès que je baisse la caméra, elle me regarde d'un air interrogatif. Un habitant de cette rue me dit, que la chatte n'appartient à personne, mais qu'elle est à tous qui vivent dans cette rue. Tout le monde la connait.

J'ai entendu dire que les chattes et les chats s'allongent auprès des mourants/mourantes. Peuvent-ils/elles accompagner les mourants ? Leur donner de l'espoir ? Voient-ils/elles la lumière au bout du tunnel ? Portent-ils/elles la lumière de l'au-delà en eux ? Est-ce que je suis une chatte ?

La chatte s'extasie, s'enthousiasme. Elle cligne des yeux et bat des paupières en souriant à peine perceptible comme si elle avait été dérangée dans son sommeil qui était peut-être un demi-sommeil, un état de rêve. La raison est, qu'elle m'a vu dans une robe rose de soie avec de tout petits points blancs, elle me va jusqu'à mi cuisses. La chatte est ravie de cette robe sans manche et presque sans décolleté, cette robe est un rêve, je me tourne dans cette robe dans ma chambre sous le toit. Je suis étudiante et je n'ose pas sortir dans la rue vêtue de cette robe féerique. Le plaisir n'est que pour moi. Personne ne me verra dans cette robe qui m'enivre. La chatte qui se réveille du sommeil, attirée par ma dance, reflète mon plaisir et ma peur d'être bouffé dans la rue, de ne pas pouvoir me défendre contre un agresseur potentiel.

Le sourire est remplacé par la tristesse. Je regarde les petites robes des enfants de ma sœur. J'accroche la robe de soie blanche, sur laquelle s'ouvrent des coquelicots rouges, sur la porte battante de l'appartement pour la voir tout le temps.

Je vois la chatte paisiblement endormie. Si elle savait, dis-je et bat mes paupières. De cette manière je capture encore mon rêve dans lequel je dance habillée en cette robe rose de soie et je me tourne, me tourne. Qui dit que la chatte ne sait pas tout de moi ?

Quand je me suis souvenue de la soupe au pain je me suis également souvenue de mon rêve ancien du chat et du lait. Je refusais la soupe au pain, parce que j'en avais le dégout, mais je devais l'avaler quand-même, les restes de pain plongés dans la soupe. Mon rêve du chat remonte à plusieurs années. Je me tenais près d'une haute barrière de barbelés. Il s'agissait d'une clôture grillagée sur laquelle des pics de barbelés étaient fixés en haut. Au loin j'ai vu une ferme isolée et éclairée. La clôture, « le rideau de fer » (de la RDA), était impitoyable, il n'y avait aucun accès nulle part. La clôture n'enfermait pas seulement la ferme, mais tout le pays, la RDA. Je voyais la maison, dans laquelle je vivais mes premières cinq années et personne dans la maison ne savait que j'étais ici devant la haute barrière de barbelés souffrante de la séparation de la maison de mon enfance, que j'étais de retour parce que j'en avais la nostalgie profonde, une tristesse qui ne me lâcherait plus. Je devais me cacher pour que personne ne me découvre. Soudain, j'ai vu un creux à mes pieds qui sapait la clôture. Partout la clôture était profondément enfoncée dans le sol, mais à cet endroit, il y avait un creux et du lait frais à l'intérieur. Une chatte est venue lécher le lait. J'ai eu l'impression que la cuvette sous la clôture pleine de lait frais reliait les deux côtés.

Quand plus tard, je me suis souvenue de ce rêve, la maison n'était plus là, mais un feu de camp, de bois, un feu ardent, sur le sol duquel quelque chose s'est carbonisé. Quand le feu s'était consumé, la maison était réduite en cendres. Il y avait quelques enfants qui venaient vers moi à la clôture. Ils me regardaient et partaient ensuite, sauf un garçon qui est resté debout en face de moi, entre nous la barrière de barbelés. Il me regardait avec détermination et dureté, avec un air de refus et de provocation comme s'il m'en voulait. Il me semblait familier et je l'aimais bien, mais il avait l'air grincheux, prêt à me mordre. Puis il courait après les autres enfants, le long de la clôture retournant à plusieurs reprises sa tête vers moi. Je courais de ce côté de la clôture mais je n'arrivais pas à sa hauteur, notre distance s'élargissait. Puis il s'arrêtait et moi aussi. Il regardait dans ma direction et a craché. Je me sentais honteux et détournais ma tête en mettant mes mains devant mon visage et je pleurais. Est-ce qu'ils ont incendié la maison parce que nous avions fui de la RDA vers l'ouest du pays, la RFA, la République Fédérale d'Allemagne ? Et maintenant je voudrais jouer avec eux ? Je me sentais coupable, m'allongeais sur mon ventre sur le sol, d'un coup je voyais le lait frais dans le creux lequel j'ai commencé à lécher. En tant que chatte, je poursuis le garçon, mais il lance des pierres sur la chatte qui prend la fuite et s'éveille enroulée sur le fauteuil. Elle baille, s'étire et se tient avec ses quatre pattes sur l'assise du fauteuil, elle fait une bosse de chat et un étirement du dos, puis elle saute du fauteuil, court vers moi et se blottit contre mon mollet, lèche ma main. Je la prends dans mes bras, elle saute sur mes épaules et sur mon dos. Je vais vers la fenêtre, je l'ouvre, la chatte saute sur le rebord extérieur de la fenêtre, fait le va-et-vient sur cette petite surface et prend enfin son poste de vieille femme dont les coudes la soutiennent quand elle se penche et regarde ce qui se passe dans la rue.

Il me semble que S. aussi est une chatte, même si elle ne fait pas « miaou ». Vraiment pas ? Elle disait que son patron l'avait fait suivre par un coach pour qu'elle apprenne dans sa fonction de guider, que c'est elle qui décide, et que les collaborateurs devraient faire selon ses décisions. Son patron avait remarqué qu'elle s'est montrée plutôt amicale envers ses collaborateurs, dans le futur elle devrait apprendre de supprimer ce penchant, considérer que son penchant va trop à l'encontre de sa fonction, elle devrait s'imposer face à ses collègues. Elle-même a l'intention de se détendre au Yoga Nidra, c'est probablement une recommandation du côté de la chatte. Mais un cancer a détruit la vie de S. qui était infirmière de profession. Elle est décédée, elle est morte, ce qui bouleverse aussi la chatte, comme si elle était devenue folle, elle fait des aller-retours dans la pièce.

Ça fait longtemps que je n'ai pas revue M., qui a été serveuse dans un café du quartier « Schanze » où elle ne travaille plus et moi je n'y vais pas souvent. Mais à l'époque j'y allais presque tous les jours. Elle dit que plusieurs de ses collègues d'antan sont allés à Berlin, G. aussi, un garçon gay. Il était gentil mais sa musique était un peu dure. Il a fait un don de sperme à une amie, qui a mis l'enfant au monde. L'enfant vit avec le couple lesbien mais est souvent chez G. et son partenaire. À l'époque où G. était encore serveur du café à Hambourg dans le quartier Schanze, j'avais fait un rêve bizarre : J'étais dans la chambre de G., qui était au deuxième ou troisième étage, elle était très sombre et très petite. G. souriait, il était assis derrière son bureau immense. J'avançais vers la fenêtre. En regardant dehors, j'ai pris peur, car j'ai vu une mer déchainée dont les vagues écumantes battaient contre le mur de l'immeuble, elle était montée jusqu'en dessous de la fenêtre. J'essayais de cacher mon effroi et j'ai dit à G. : « Je crois que je ne pourrais pas vivre ici ! » En disant cela je marchais à reculons. Est-il, G., un chat ?

Les fenêtres de l'appartement de la chatte demeurent fermées. Il fait du vent fort, si les fenêtres avaient été ouvertes, elles auraient vite claqué. Je pense à la chatte à l'intérieur de l'appartement. La rue est moite et sans soleil.

Je suis chez l'italienne boire un cappuccino, son magasin est sur le côté de l'immeuble où habite la chatte, quelques maisons nous séparent. Une radio transmet des chansons italiennes.

Je m'en vais bientôt en pensant à la chatte dans mon rêve de RDA, lequel me rappelle aussi ce qu'avait dit un homme, qui habitait jusqu'à la chute du mur à Berlin-Prenzlauer Berg : « Je devais rejoindre l'armée en RDA et à chaque fois quand je rentrais à la maison, un autre visage d'homme me regardait dans la chambre à coucher de ma femme. » Evidemment ils se sont divorcés.

La chatte ronronne et regarde avec des grands yeux la peinture à l'huile que j'ai peinte sur la toile avec ma spatule et mon doigt. La peinture rayonne dans la lumière jaune-orange, elle est confiante dans l'avenir.

Dans mes mains il y a de la sueur, peut-être parce que je suis une refugiée, qui a toujours peur d'être suivie et se sent menacée. La chatte n'a pas d'avis là-dessus, elle se tait. Mais d'un coup son corps se secoue, elle crache un morceau et d'autres suivent, elle vomit, elle me regarde avec ses yeux rouges et confus, car elle sent que quelque chose s'est passé. Elle vomit tout. Je souffre avec elle. Elle s'enfuit, se cache dans un coin sombre et s'endort.

Dans la pièce radiophonique, que mon fils aveugle a produit, il s'agit d'un refugié abattu au mur de Berlin. La chatte fait un bruit indéfinissable.

Mon fils raconte des souvenirs inoubliables, quand il était encore voyant à l'âge de trois ans : « J'ai vu ma grand-mère avec un poulet dans sa main. Elle le posait sur une planche de bois et lui coupait la tête avec une hache. J'ai vu le poulet plus tard sans plumes dans un seau. »
« J'ai vu aussi des lambeaux de peau que mon grand-père a posés sur le bord de la baignoire. Il les avait détachés de ses talons avec un couteau de cuisine. »

La chatte préfère de ne pas se réveiller complètement. Elle ne lève que brièvement sa tête, elle a l'air de vouloir dire : » Mais de quelle espèce sont les humains ?

Je suis au café « chatte », mais dehors, car il y a quelques rayons de soleil. Au-dessus de moi, de ce café, il y a l'appartement de la chatte, dont je vois de mon siège en regardant en haut, des étagères de livres, mais la chatte, je ne la vois pas.

Sur mon chemin de retour, je passe devant une affiche au mur, qui montre la tête d'une chatte. Il est écrit que cette chatte vit en Espagne et la personne qui s'intéresse à elle devrait payer une taxe de protection de 130€.
Une connaissance à moi a ses chats d'un refuge.
Et la chatte de l'appartement ? D'où vient-elle ?

La chatte en moi est enrôlée. Dès que j'ouvrirai la fenêtre, elle sera réveillée par l'air frais, par la température douce, elle me quittera d'un saut, elle jaillira de mon intérieur, elle s'étirera, se retournera vers moi pour s'assurer que je vais bien et puis en un bond elle se retrouvera sur le rebord de la fenêtre.

L'employé de banque

L'homme était habillé tout en noir. En fait, un bel homme, tout en lui brillait. Son visage doux brillait comme s'il était poli et donnait l'impression d'être de cuir. Son regard trahissait un homme digne de pitié, de compassion qui implorait de l'aide.

Je regardais ses chaussures car lui aussi regardait ses chaussures. Il s'occupait incessamment d'elles et de ses pieds, je n'ai pas pu le voir exactement. Puis il tripotait à ses chaussettes, peut-être elles n'étaient pas bien ajustées dans les chaussures brillantes. Peut-être le bord de la chaussure était trop tranchant et faisait mal.

Je me sentais bizarrement concernée, éventuellement parce que nous étions dans cette salle les seuls à attendre, enfoncés dans de lourds fauteuils de cuir devant une table basse, rectangle et lisse.

À part nous, il se trouvait dans cette salle immense un réceptionniste derrière un comptoir loin de nous, et qui nous observait discrètement.

L'homme étrange était déjà dans son fauteuil quand j'entrais dans la banque, je ne sais pas combien de temps il y était déjà. Je me suis sentie envahi par le sentiment qui devenait de plus en plus clair, que cet homme y était déjà longtemps, peut-être déjà toute la matinée, parce qu'il n'avait probablement rien d'autre à faire et se sentait probablement très à l'aise avec la surveillance sécurisante du réceptionniste.

Il régnait un silence total dans cette salle grande dans laquelle on perdait l'orientation, le sens de l'espace. Soudainement, un appareil téléphonique installé au mur sonnait. L'appel est pour moi, pensais-je et disait à l'homme pour enfin dire quelque chose : » C'est pour moi ! » Il a levé sa tête et m'a regardé furtivement. Vite il posait de nouveau son stylo sur le papier devant lui, lequel il remplissait depuis un certain temps avec des lettres minuscules. Devant lui il y avait un annuaire téléphonique ouvert. Il recopiait les adresses de l'annuaire téléphonique colonne après colonne sur la feuille devant lui. Une drôle d'occupation. Il n'avait certainement rien d'autre à faire, il s'ennuyait à la maison où, comme je le soupçonnais, il était seul toute la journée et en devenait lentement fou. L'homme était extraordinairement bien soigné, comme s'il était au travail en effectuant ce qu'on lui demandait jour après jour. Je me sentais un peu mal, car je n'étais entretenue aussi bien que lui. Je m'inquiétais, car feuille après feuille se remplissaient avec des adresses de l'annuaire téléphonique apparemment arbitrairement choisies. Je disais encore une fois ce que j'avais déjà dit : » L'appel est pour moi ! » Mais il ne montrait aucune réaction, ne se laissait pas déranger dans son travail par lequel il semblait obsédé. J'allais donc au téléphone, j'ai pris le combiné et répondais brièvement. Bien sûr, il avait tout entendu, parce que le téléphone n'était pas dans une cabine où il fallait entrer, mais il n'en donnait aucun commentaire. Il gardait sa tête baissée sur ses papiers.

Je lui ai adressé la parole : » Je peux partir maintenant ! J'espère que vous n'aurez pas à attendre longtemps ! » Je pensais qu'il allait maintenant me parler de la raison de sa présence, mais non, au contraire, il disait avec une grande tranquillité : « Ça ne me gêne pas. » En disant cela il ne levait même pas sa tête, mais continuait à écrire les adresses de l'annuaire téléphonique sur ses feuilles en lettres minuscules.

J'ai quitté la banque avec l'aveugle que j'avais attendu, je lui ai parlé de l'homme étrange. Il a réfléchi un moment, puis il se souvenait d'un employé, d'un certain M. Blanc. « On murmure » disait-il, « qu'il est devenu fou. » « Mais pourquoi ? » ai-je demandé et il a répondu avec étonnement, parce que pour lui c'était évident : » Par la banque ! » « Mais alors pourquoi y retourne-t-il ? » « Pourquoi pas ?! Il vient même chaque jour pour accomplir son travail, son travail entre guillemets. Tu l'as vu toi-même ! »

De temps en temps je pense à ce M. Blanc, et je suis dans ces moments tentée de retourner à la banque pour voir s'il est toujours là, à son poste de travail.

L'aveugle et la mer

Je n'ai fait que regarder en bas, je me suis penchée pour ramasser de belles pierres sur la plage. J'avais déjà trouvé un coquillage qui ressemblait à un chapeau chinois. Toujours, quand je me trouvais à une plage, je me penchais et ramassais des pierres et des coquillages, je redevenais enfant, oubliais l'entourage et le temps.

Je ramassais une pierre douce et ronde avec une bande blanche qui faisait le tour de la pierre, et donnait l'apparence de la poudre. C'était pour moi une trouvaille hors norme.

Je levais les yeux. L'aveugle était déjà loin, il avait pris beaucoup d'avance, j'étais en retard sur lui, j'étais à la traine derrière lui. Je me suis arrêtée brusquement, il marchait vers la mer, donc j'ai commencé à crier : « À droite ! » La mer était à son côté gauche. Il ne l'entendait pas, il marchait toujours vers la mer. J'essayais à nouveau, levais encore ma voix : « À droite ! À gauche c'est la mer ! » Pas de réaction. J'arrachais mon pied du sable et commençais à courir. Personne ne se trouvait près de lui. La plage était presque vide, probablement parce que c'était la veille de Noël, seulement une poignée de personnes dispersées à la plage se promenait. Il faisait trop froid pour que les gens aient envie de se promener au bord de la mer. L'aveugle et moi y étaient presque seuls. À droite de la plage il y avait des petites pentes abruptes, à gauche il y avait la mer en alternance écumante et caressante, au milieu le sable de la plage dans lequel nous avancions difficilement avec nos bottes d'hiver.

Je voyais l'aveugle avec sa canne blanche qui faisait des allers-retours pour repérer un obstacle. Il marchait sans arrêt et la distance qui le séparait de moi augmentait continuellement. Pas de réaction à mes cris, il ne se laissait pas arrêter dans son rythme de progression. Sans hésiter il faisait un pas après l'autre en déplaçant à chaque pas sa canne blanche de droite à gauche et de gauche à droite. Il devenait de plus en plus petit.

Je criais de toute ma force : » Attends ! Attends-moi ! ». Tout en criant j'accélérais mon pas, ma course devenait encore plus rapide et plus forte. Soudain, j'ai compris que je n'avais aucune raison de paniquer. Car il se rendrait compte s'il marchait dans la mer et que ses pieds seraient mouillés et bien sûr il entendrait la mer, l'entendait déjà. Néanmoins, j'étais soulagée quand je me suis retrouvée à nouveau à son côté, voyant son sourire doux, ses yeux marrons brillaient, me regardaient sans me voir.

D'autres livres français

La valse mélancolique de Nice
ISBN : 978 23 22 411 412

Tony
ISBN : 978 23 22 398 201

L'écoulement
ISBN : 978

Peinture, gravure, dessin, sculpture 1976 -2021
ISBN : 978 23 22 219 551

Nos échanges
En rupture du stock

Les deux livres allemands dont j'ai traduit et retravaillé les récits sont intitulés :
Dreiklang
Stimmen